# CUÍER

# CUÍER

Queer Brazil

CALICO

*Cuíer* is fourth in the Calico Series.

Two Lines Press
582 Market Street, Suite 700, San Francisco, CA 94104
www.twolinespress.com

ISBN: 978-1-949641-18-9

Cover design by Crisis
Cover and insert photographs © Igor Furtado
used by permission of the artist
Typesetting and interior design by LOKI

Printed in the United States of America

Library of Congress Cataloging-in-Publication Data

TITLE: Cuíer: queer Brazil.
DESCRIPTION: San Francisco, CA: Two Lines Press, [2021] | Series: Calico series |
Bilingual edition including works originally in Portuguese and English translations. |
Summary: "In this far-reaching, bilingual assortment of fiction, poetry, nonfiction,
and photography, legendary and pioneering queer writers continue the legacy of queer
expression in Brazil" -- Provided by publisher.
IDENTIFIERS: LCCN 2021015339 | ISBN 9781949641189 (trade paperback)
SUBJECTS: LCSH: Sexual minorities' writings, Brazilian. |
Sexual minorities' writings, Brazilian--Translations into English. |
Sexual minorities--Brazil--Literary collections. |
Sexual minority culture--Literary collections. | LCGFT: Literature.
CLASSIFICATION: LCC PQ9636.S49 C85 2021 | DDC 808.8/0352664--dc23
LC record available at https://lccn.loc.gov/2021015339

THIS BOOK WAS PUBLISHED WITH SUPPORT
FROM THE NATIONAL ENDOWMENT FOR THE ARTS.

Caio Fernando Abreu

Três cartas para além dos muros | Three Letters for beyond the Walls

Translated by Ed Moreno

12

Caio Fernando Abreu

Terça-feira gorda | Fat Tuesday

Translated by Bruna Dantas Lobato

34

Angélica Freitas

Uma mulher limpa | A Clean Woman

Translated by Hilary Kaplan and Chris Daniels

48

Carol Bensimon

Uma casa nova | A New House

Translated by Zoë Perry and Julia Sanches

82

Marcio Junqueira

Sábado | Saturday

Translated by Johnny Lorenz

104

**Raimundo Neto**
A TIA DE LALINHA | LALINHA'S AUNTIE
Translated by Adrian Minckley
130

**Raimundo Neto**
A NOIVA | THE HARVEST BRIDE
Translated by Adrian Minckley
144

**Tatiana Nascimento**
CUÍER PARADISO | CUÍER PARADISO

O AMOR É UMA TECNOLOGIA | LOVE IS A WAR
DE GUERRA (CIENTISTAS SUB | TECHNOLOGY (SCIENTISTS
NOTIFICAM ARMA- | UNDERREPORT BIOWEAPON)
BIOLÓGICA) INDESTRUTÍVEL:: | THAT IS INDESTRUCTIBLE::

TALHOS | GASHES

MANIFESTA QUEERLOMBOLA, | QUEERLOMBOLA MANIFEST,
OU TECNOLOGIA | | OR ANCESTRAL | HEALING |
ANCESTRAL | DE CURA | | LOVE | 'N | PLEASURE
AMOR | Y DE | PRAZER: | TECHNOLOGY:

Translated by Natalia Affonso
156

**Photographs by Igor Furtado**
182

João Gilberto Noll
ACENOS E AFAGOS | HUGS AND CUDDLES
Translated by Edgar Garbelotto
194

Ana Cristina Cesar
LUVAS DE PELICA | KID GLOVES
Translated by Elisa Wouk Almino
218

Cidinha da Silva
FARRINA | FARRINA
Translated by JP Gritton
238

Carla Diacov
O MÃO #7 | HAND #7
O MÃO #8 | HAND #8
O MÃO #23 | HAND #23
O MÃO #87 | HAND #87
O MÃO #88 | HAND #88
Translated by Annie McDermott
256

Wilson Bueno
O IRASCÍVEL SENHOR HANNES | THE IRASCIBLE MR. HANNES
Translated by Christopher Larkosh
270

**Cristina Judar**
À TERRA QUE | TOWARD THE EARTH
SOBRAR | THAT WILL REMAIN
Translated by Lara Norgaard
284

**Cristina Judar**
JARDIM DE BEGÔNIAS | GARDEN OF BEGONIAS
Translated by Lara Norgaard
294

**Ricardo Domeneck**
"EU SEI QUE VOCÊ | "I KNOW YOU ARE
ESPERA…" | HOPING FOR A…"
NOSSO DESNATURADO | OUR DENATURED
HABITAT | HABITAT
TIMIDEZ EM LINHO | SHYNESS IN LINEN
Translated by Chris Daniels
308

**Contributors**
323

**Credits**
335

# Caio Fernando Abreu

# Três cartas para além dos muros

# Three Letters for beyond the Walls

Translated by
Ed Moreno

# Primeira carta
# para além do muro

ALGUMA COISA ACONTECEU COMIGO. ALGUMA COISA TÃO estranha que ainda não aprendi o jeito de falar claramente sobre ela. Quando souber finalmente o que foi, essa coisa estranha, saberei também esse jeito. Então serei claro, prometo. Para você, para mim mesmo. Como sempre tentei ser. Mas por enquanto, e por favor, tente entender o que tento dizer.

É com terrível esforço que te escrevo. E isso agora não é mais apenas uma maneira literária de dizer que escrever significa mexer com funduras—como Clarice, feito Pessoa. Em Carson McCullers doía fisicamente, no corpo feito de carne e veias e músculos. Pois é no corpo que escrever me dói agora. Nestas duas mãos que você não vê sobre o teclado, com suas veias inchadas, feridas, cheias de fios e tubos plásticos ligados a agulhas enfiadas nas veias para dentro das quais escorrem líquidos que, dizem, vão me salvar.

Dói muito, mas eu não vou parar. A minha não-desistência é o que de melhor posso oferecer a você e a mim neste momento. Pois isso, saiba, isso que poderá me matar, eu sei, é a única coisa

# First Letter
# for beyond the Wall

SOMETHING HAPPENED TO ME. SOMETHING SO STRANGE that I still haven't figured out a way to talk about it clearly. When I finally know what it was, this strange thing, I will also know the way. Then I'll be clear, I promise. For you, for myself. As I've always meant to be. But for now, please try to understand what I'm trying to say.

It is with significant effort that I write you. And that's not just a literary way of saying that writing means stirring the depths—like Clarice, like Pessoa. In Carson McCullers it hurt physically, in a body made of flesh and veins and muscle. For it is in my body that writing hurts me now. In these two hands you cannot see on the keyboard, with their swollen veins, wounded, bursting, with wires and plastic tubes attached to needles inserted into veins inside which flow liquids they say will save me.

It really hurts, but I will not stop. Not giving up is the best I can offer you and myself right now. Because this—you ought to know—this which could kill me, is the only thing I know

que poderá me salvar. Um dia entenderemos talvez.

Por enquanto, ainda estou um pouco dentro daquela coisa estranha que me aconteceu. É tão impreciso chamá-la assim, a Coisa Estranha. Mas o que teria sido? Uma turvação, uma vertigem. Uma voragem, gosto dessa palavra que gira como um labirinto vivo, arrastando pensamentos e ações nos seus círculos cada vez mais velozes, concêntricos, elípticos. Foi algo assim que aconteceu na minha mente, sem que eu tivesse controle algum sobre o final magnético dos círculos içando o início de outros para que tudo recomeçasse. Todos foram discretos, depois, e eu também não fiz muitas perguntas, igualmente discreto. Devo ter gritado, e falado coisas aparentemente sem sentido, e jogado coisas para todos os lados, talvez batido em pessoas.

Disso que me aconteceu, lembro só de fragmentos tão descontínuos que. Que—não há nada depois desse *que* dos fragmentos—descontínuos. Mas havia a maca de metal com ganchos que se fechavam feito garras em torno do corpo da pessoa, e meus dois pulsos amarrados com força nesses ganchos metálicos. Eu tinha os pés nus na madrugada fria, eu gritava por meias, pelo amor de Deus, por tudo o que é mais sagrado, eu queria um par de meias para cobrir meus pés. Embora amarrado como um bicho na maca de metal, eu queria proteger meus pés. Houve depois a máquina redonda feita uma nave espacial onde enfiaram meu cérebro para ver tudo que se passava dentro dele.

that can save me. Maybe one day we will understand.

For now, I am still somewhat caught up in that strange thing that happened to me. It's so vague, calling it that, the Strange Thing. But what could it have been? A disturbance, a vertigo. A maelstrom—I love this word that spins like a living labyrinth, dragging thoughts and actions into its ever-faster-spinning, concentric, elliptical coils. Something like that happened in my head, and I had no control over the coils' magnetic endpoints, which swirled out in new spirals so that everything would begin again. Later, everyone was discreet, and I didn't ask too many questions, either—equally discreet. I should have screamed, and said seemingly meaningless things, and thrown things everywhere, maybe hit people.

I can only remember fragments of what happened to me—fragments so broken that. That—that there is nothing after the *that* of fragments—broken. But there was the metal gurney, with hooks that clamped around the person's body, and my two wrists were firmly bound by these metal hooks. My feet were naked in the cold dawn. I screamed for socks, for the love of God, for all that is most sacred, I wanted a pair of socks to cover my feet. Even bound like an animal on the metal gurney, I wanted to protect my feet. Then there was the round spaceship-like machine where they stuck my brain to see everything that was going on inside it. And they saw, but they didn't tell me anything.

E viram, mas não me disseram nada.

Agora vejo construções brancas e frias além das grades deste lugar onde me encontro. Não sei o que virá depois deste agora que é um momento após a Coisa Estranha, a turvação que desabou sobre mim. Sei que você não compreende o que digo, mas compreenda que eu também não compreendo. Minha única preocupação é conseguir escrever estas palavras—e elas doem, uma por uma—para depois passá-las, disfarçando, para o bolso de um desses que costumam vir no meio da tarde. E que são doces, com suas maçãs, suas revistas. Acho que serão capazes de levar esta carta até depois dos muros que vejo a separar as grades de onde estou daquelas construções brancas, frias.

Tenho medo é desses outros que querem abrir minhas veias. Talvez não sejam maus, talvez eu apenas não tenha compreendido ainda a maneira como eles são, a maneira como tudo é ou tornou--se, inclusive eu mesmo, depois da imensa Turvação. A única coisa que posso fazer é escrever—essa é a certeza que te envio, se conseguir passar esta carta para além dos muros. Escuta bem, vou repetir no teu ouvido, muitas vezes: a única coisa que posso fazer é escrever, a única coisa que posso fazer é escrever.

*O Estado de S. Paulo*, 21 de agosto, 1994

Now I see cold, white buildings beyond the barred windows of this place where I find myself. I don't know what will come next—it hasn't been long since the Strange Thing, the disturbance that crashed upon me. I know you don't get what I'm saying, but understand—I don't either. The only thing I care about is writing these words (and every word hurts) so that later I can slip them into the pocket of one of my afternoon visitors. They're so sweet, bringing apples, magazines. I think they'll be able to carry this letter beyond the walls I see separating these barred windows here from those cold, white buildings.

I fear those others who want to open up my veins. Maybe they're not so bad, maybe I just don't understand the way they are yet, the way everything is or has become—myself included—since the great Disturbance. All I can do is write— that is the truth I relay to you, if I can get this letter beyond the walls. Listen well, I'll repeat it in your ear, many times: All I can do is write, all I can do is write.

*O Estado de S. Paulo*, August 21, 1994

# Segunda carta
# para além dos muros

No caminho do inferno encontrei tantos anjos. Bandos, revoadas, falanges. Gordos querubins barrocos com as bundinhas de fora; serafins agudos de rosto pálido e asas de cetim; arcanjos severos, a espada em riste para enfrentar o mal. Que no caminho do inferno, encontrei, naturalmente, também demônios. E a hierarquia inteira dos servidores celestes armada contra eles. Armas do bem, armas da luz: *no pasarán!*

Nem tão celestiais assim, esses anjos. Os da manhã usam uniforme branco, máscaras, toucas, luvas contra infecções, e há também os que carregam vassouras, baldes com desinfetantes. Recolhem as asas e esfregam o chão, trocam lençóis, servem café, enquanto outros medem pressão, temperatura, auscultam peito e ventre. Já os anjos debochados do meio da tarde vestem jeans, couro negro, descoloriram os cabelos, trazem doces, jornais, meias limpas, fitas de Renato Russo celebrando a vitória de Stonewall, notícias da noite (onde todos os anjos são pardos), recados de outros anjos que não puderam vir por rebordosa, preguiça ou desnecessidade amorosa de evidenciar amor.

# Second Letter
# for beyond the Walls

ON THE ROAD TO HELL I MET MANY ANGELS. THRONGS, FLOCKS in flight, phalanxes. Fat, baroque cherubs with their little asses out; shrill seraphim with pale faces and satin wings; stern archangels, swords drawn to confront evil. So on the road to hell, naturally, I met demons too. And the entire hierarchy of the celestial servants armed against them. Weapons of good, weapons of light: *no pasarán!*

Not as celestial as you'd expect, these angels. The morning ones wear white uniforms, masks, caps, gloves to fight infection. And there are those that carry brooms, pails of disinfectant. They collect their wings and scrub the floor, change the sheets, serve coffee—while others take blood pressure, temperature, auscultate chest and abdomen. Meanwhile, the sneering mid-afternoon angels wear jeans, black leather, bleached hair, bring candy, newspapers, clean socks, copies of Renato Russo's cassette celebrating the Stonewall victory, news of the night (where all the angels are gray), messages from other angels who couldn't make it because of imbroglios, or laziness, or

E quando sozinho, depois, tentando ver os púrpuras do crepúsculo além dos ciprestes do cemitério atrás dos muros—mas o ângulo não favorece, e contemplo então a fúria dos viadutos e de qualquer maneira, feio ou belo, tudo se equivale em vida e movimento—abro janelas para os anjos eletrônicos da noite. Chegam através de antenas. Fones, pilhas, fios. Parecem-se às vezes com Cláudia Abreu (as duas, minha brava irmã e a atriz de Gilberto Braga), mas podem ter a voz caidaça de Billie Holiday perdida numa FM ou os vincos cada vez mais fundos ao lado da boca amarga de José Mayer. Homens, mulheres, você sabe, anjos nunca tiveram sexo. E alguns trabalham na TV, cantam no rádio. Noite alta, meio farto de asas ruflando, liras, rendas e clarins, despenco no sono plástico dos tubos enfiados em meu peito. E ainda assim eles insistem, chegados desse Outro Lado de Todas as Coisas.

Reconheço um por um. Contra o fundo blue de Derek Jarman, ao som de uma canção de Freddy Mercury, coreografados por Nuriev, identifico os passos bailarinos-nô de Paulo Yutaka. Com Galizia, Alex Vallauri espia rindo atrás da Rainha do Frango Assado e ah como quero abraçar Vicente Pereira, e outro Santo Daime com Strazzer e mais uma viagem ao Rio com Nelson Pujol Yamamoto. Wagner Serra pedala bicicleta ao lado de Cyrill Collard, enquanto Wilson Barros esbraveja contra Peter Greenaway, apoiado por Nélson Perlongher. Ao

they lovingly feel no need to prove their love.

And when I'm alone, later, I try to watch the purple coloring of twilight beyond the cypresses in the cemetery behind the walls, but the angle doesn't allow it, so I contemplate the fury of the overpass instead, but it doesn't matter—ugly or beautiful, everything in life and movement balances. I open windows for the electronic angels of the night. They come through antennas: phones, batteries, wires. Sometimes they look like Cláudia Abreu (both of them—my brave sister and the Gilberto Braga actress), but they could have Billie Holiday's ruined voice, lost on FM, or the deepening creases around José Mayer's bitter mouth. Men, women, you know—angels have never had a sex. And some work on TV, sing on the radio. In the middle of the night, fed up with ruffling wings, lyres, lace, and cornets, I plummet into the plastic sleep of tubes piercing my chest. But still the angels persist, having come from The Other Side of Everything. I recognize them one by one: against Derek Jarman's blue background, to the sound of a Freddie Mercury song, choreographed by Nureyev, I identify Paulo Yutaka's noh-dance steps. Laughing with Galizia, Alex Vallauri peeks out from behind *The Roasted Chicken Queen*, and oh! how I'd love to hug Vicente Pereira and have one more Santo Daime with Strazzer and one more trip to Rio with Nelson Pujol Yamamoto. Wagner Serra pedals his bike beside Cyril Collard, while Wilson Barros rails against Peter

som de Lóri Finokiaro, Hervé Guibert continua sua interminável carta para o amigo que não lhe salvou a vida. Reinaldo Arenas passa a mão devagar em seus cabelos claros. Tantos, meu Deus, os que se foram. Acordo com a voz safada de Cazuza repetindo em minha orelha fria: "Quem tem um sonho não dança, meu amor".

Eu desperto, e digo sim. E tudo recomeça.

Às vezes penso que todos eles parecem vindos das margens do rio Narmada, por onde andaram o menino cego cantor, a mulher mais feia da Índia e o monge endinheirado de Gita Mehta. Ás vezes penso que todos são cachorros com crachás nos dentes, patas dianteiras furadas por brasas de cigarro para dançar melhor, feito o conto que Lygia Fagundes Telles mandou. E penso junto, sem relação aparente com o que vou dizendo: sempre que vejo ou leio Lygia, fico estarrecido de beleza.

Pois repito, aquilo que eu supunha fosse o caminho do inferno está juncado de anjos. Aquilo que suja treva parecia guarda seu fio de luz. Nesse fio estreito, esticado feito corda bamba, nos equilibramos todos. Sombrinha erguida bem alto, pé ante pé, bailarinos destemidos do fim deste milênio pairando sobre o abismo.

Lá embaixo, uma rede de asas ampara nossa queda.

*O Estado de S. Paulo*, 4 de setembro, 1994

Greenaway, with Néstor Perlongher's support. To the sound of Lory Finocchiaro, Hervé Guibert continues his endless letter to the friend who did not save his life, while Reinaldo Arenas slowly runs a hand through his light hair.

So many, my God, those who have gone. I wake with Cazuza's suggestive voice repeating in my cold ear, "Whoever has a dream doesn't dance, my love."

I wake, and say yes. And everything starts again.

At times they all seem to be coming from the banks of the Narmada River, where the blind singer boy, the ugliest woman in India, and Gita Mehta's wealthy monk strode. At times, I think that they are all dogs carrying badges in their teeth, their front paws burned by cigarette butts so that they dance better, like in that story that Lygia Fagundes Telles sent me. And at the same time, I think how whenever I see or read Lygia, I am stunned by beauty.

So I repeat, that which I thought was the road to hell is strewn with angels. That which seemed dismally cursed held a thread of light. On this narrow thread, stretched like a tightrope, we all balance. Umbrella held high, one foot in front of the other, fearless dancers from the end of this millennium hover above the abyss.

Down below, a web of wings cushions our fall.

*O Estado de S. Paulo*, September 4, 1994

# Última carta
# para além dos muros

Porto Alegre—Imagino que você tenha achado as duas cartas anteriores obscuras, enigmáticas como aquelas dos almanaques de antigamente. Gosto sempre do mistério, mas gosto mais da verdade. E por achar que esta lhe é superior te escrevo agora assim, mais claramente. Nem sinto culpa, vergonha ou medo.

Voltei da Europa em junho me sentindo doente. Febres, suores, perda de peso, manchas na pele. Procurei um médico e, à revelia dele, fiz O Teste. Aquele. Depois de uma semana de espera agoniada, o resultado: HIV Positivo. O médico viajara para Yokohama, Japão. O teste na mão, fiquei três dias bem natural, comunicando à família, aos amigos. Na terceira noite, amigos em casa, me sentindo seguro—enlouqueci. Não sei detalhes. Por auto-proteção, talvez, não lembro. Fui levado para o pronto-socorro do Hospital Emílio Ribas com a suspeita de um tumor no cérebro. No dia seguinte, acordei de um sono drogado num leito da enfermaria de infectologia, com minha irmã entrando no quarto. Depois, foram 27 dias

# Last Letter for beyond the Walls

Porto Alegre. Happy Port—I suppose you found the two previous letters obscure, enigmatic, like those in almanacs of old. I've always enjoyed mystery, but I enjoy truth more. And since I think it's superior, I am writing more clearly for you now. I feel neither guilt, nor shame, nor fear.

I returned from Europe in June feeling sick. Fevers, sweats, weight loss, spots on my skin. I looked for a doctor and, in his absence, took The Test: That One. After an agonizing week, the result: HIV Positive. The doctor had gone to Yokohama, Japan. Test in hand, I spent three days normally, telling my family and friends. On the third night, with friends over, feeling safe, I went crazy. I don't know the details. Maybe I don't remember out of self-protection. I was taken to the ER at Emílio Ribas Hospital with a suspected brain tumor. The next day I woke up from a drugged dream in a bed in the infectious diseases ward, my sister entering the room. Then there were twenty-seven days inhabited by frights and angels—doctors, nurses, friends, family, not to mention our own—and a current of love and

habitados por sustos e anjos—médicos, enfermeiras, amigos, família, sem falar nos próprios—e uma corrente tão forte de amor e energia que amor e energia brotaram de dentro de mim até tornaram-se uma coisa só. O de dentro e o de fora unidos em pura fé.

A vida me dava pena, e eu não sabia que o corpo ("meu irmão burro", dizia São Francisco de Assis) podia ser tão frágil e sentir tanta dor. Certas manhãs chorei, olhando através da janela os muros brancos do cemitério no outro lado da rua. Mas à noite, quando os néons acendiam, de certo ângulo a Dr. Arnaldo parecia o Boulevard Voltaire, em Paris, onde vive um anjo sufista que vela por mim. Tudo parecia em ordem, então. Sem rancor nem revolta, só aquela imensa pena de Coisa Vida dentro e fora das janelas, bela e fugaz feito as borboletas que duram só um dia depois do casulo. Pois há um casulo rompendo-se lento, casca seca abandonada. Após, o vôo de Ícaro perseguindo Apolo. E a queda?

Aceito todo dia. Conto para você porque não sei ser senão pessoal, impudico, e sendo assim preciso te dizer: mudei, embora continue o mesmo. Sei que você compreende.

Sei também que, para os outros, esse vírus de *science fiction* só dá em gente maldita. Para esses, lembra Cazuza: "Vamos pedir piedade, Senhor, piedade para essa gente careta e covarde". Mas para você, revelo humilde: o que importa é a

energy so strong that love and energy welled up inside of me, until they became a singular thing. That from without and that from within united in pure faith.

Life handed me misery, and I didn't know that the body ("my brother ass," as St. Francis of Assisi would say) could be so frail and feel such pain. Some mornings I cried, looking through the window at the white walls of the cemetery across the road. But at night, from the right angle, when the neon lights lit up, Doutor Arnaldo Avenue looked like Boulevard Voltaire in Paris, where there's a Sufi angel who watches over me. In that moment everything felt right. Free of resentment or disgust, just the immense agony of that thing Life inside and outside the windows, beautiful and fleeting like butterflies who survive only one day after leaving the cocoon. For there is a cocoon breaking open slowly, a dry, abandoned husk. After that, the flight of Icarus chasing Apollo. And the fall?

I welcome every day. I tell you because I don't know how to be anything if not personal, shameless, and being so I must tell you: I have changed but remain the same. I know you understand.

I also know that others think only immoral people get this science-fiction virus. For them, remember Cazuza: "We seek mercy, Lord, mercy for the cowardly and narrow-minded."

Senhora Dona Vida, coberta de ouro e prata e sangue e musgo do Tempo e creme chantilly às vezes e confetes de algum Carnaval, descobrindo pouco a pouco seu rosto horrendo e deslumbrante. Precisamos suportar. E beijá-la na boca. De alguma forma absurda, nunca estive tão bem. Armado com as armas de Jorge. Os muros continuam brancos, mas agora são de um sobrado colonial espanhol que me faz pensar em García Lorca; o portão pode ser aberto a qualquer hora para entrar ou sair; há uma palmeira, rosas cor-de-rosa no jardim. Chama-se Menino Deus este lugar cantado por Caetano, e eu sempre soube que era aqui o porto. Nunca se sabe até que ponto seguro, mas—para lembrar Ana C., que me deteve à beira da janela—como não se pode ancorar um navio no espaço, ancora-se neste porto. Alegre ou não: ave Lya Luft, ave Iberê, Quintana e Luciano Alabarse, chê.

Vejo Dercy Gonçalvez, na *Hebe*, assisto *A falecida* de Gabriel Villela no Teatro São Pedro; Maria Padilha conta histórias inéditas de Vicente Pereira; divido sushis com a bivariana Yolanda Cardoso; rezo por Cuba; ouço Bola de Nieve; gargalho com Déa Martins; desenho a quatro mãos com Laurinha; leio Zuenir Ventura para entender o Rio; uso a estrela do PT no peito (Who Knows?) ; abro o *I Ching* ao acaso : Shêng, a Ascensão ; não perco *Éramos seis* e agradeço, agradeço, agradeço.

But to you, I humbly disclose: what really matters is Dear Lady Life, covered in silver and gold and blood and the moss of time and sometimes whipped cream and confetti from some carnival—revealing her horrific and dazzling face little by little. We must accept it. And kiss her on the lips. Strangely, I've never been so well. Armed with St. George's weapons. The walls are still white, but now they are the walls of a Spanish colonial house, which makes me think of García Lorca; the gate can be opened anytime to come or go; there is a palm tree, and pink roses in the garden. This place is called Menino Deus, as sung by Caetano, and I always knew the port was here. You never know how safe it is, but—in the words of Ana C., who stops me at the window's edge—since you can't anchor a ship in space, it is anchored in this port. Porto Alegre. Happy Port. Happy or not: *Ave* Lya Luft, *Ave* Iberê Camargo, Quintana and Luciano Alabarse, *che*!

I watch Dercy Gonçalvez, on *Hebe*; I attend Gabriel Vilella's *The Deceased* at the Teatro São Pedro; Maria Padilha tells me previously undisclosed stories about Vicente Pereira; I split sushi with the Antônio Bivar actress Yolanda Cardoso; I pray for Cuba; I listen to Bola de Neve; I burst out laughing with Déa Martins; I use all four hands to draw with Laurinha; I read Zuenir Ventura to understand Rio; I wear the red star of the Worker's Party on my chest ("Who knows?"). I open the *I Ching*

A vida grita. E a luta, continua.

*O Estado de S. Paulo*, 18 de setembro, 1994

at random: *Shêng*, the Ascension; I never miss my telenovela *Éramos seis* and I am grateful, grateful, grateful.

Life screams. And the struggle continues.

*O Estado de S. Paulo*, September 18, 1994

# Caio Fernando Abreu

# Terça-feira gorda

# Fat
# Tuesday

Translated by
Bruna Dantas Lobato

*Para Luiz Carlos Góes*

DE REPENTE ELE COMEÇOU A SAMBAR BONITO E VEIO VINDO para mim. Me olhava nos olhos quase sorrindo, uma ruga tensa entre as sobrancelhas, pedindo confirmação. Confirmei, quase sorrindo também, a boca gosmenta de tanta cerveja morna, vodca com coca-cola, uísque nacional, gostos que eu nem identificava mais, passando de mão em mão dentro dos copos de plástico. Usava uma tanga vermelha e branca, Xangô, pensei, Iansã com purpurina na cara, Oxaguiã segurando a espada no braço levantado, Ogum Beira-Mar sambando bonito e bandido. Um movimento que descia feito onda dos quadris pelas coxas, até os pés, ondulado, então olhava para baixo e o movimento subia outra vez, onda ao contrário, voltando pela cintura até os ombros. Era então que sacudia a cabeça olhando para mim, cada vez mais perto.

Eu estava todo suado. Todos estavam suados, mas eu não via mais ninguém além dele. Eu já o tinha visto antes, não ali. Fazia tempo, não sabia onde. Eu tinha andado por muitos lugares. Ele tinha um jeito de quem também tinha andado por

*For Luiz Carlos Góes*

SUDDENLY, HE STARTED TO DANCE BEAUTIFULLY AND WALK toward me. He looked me in the eye with a discreet smile, a tense wrinkle between his brows, asking for reciprocity. I gave it to him, with a discreet smile as well, my mouth sticky from all the warm beer, vodka with coke, cheap whiskey, tastes I couldn't even discern anymore, going from hand to hand in plastic cups. He was wearing a red and white loincloth, Shango, I thought, Oya with glitter on his face, Obatala holding his sword in his arms, Ogun dancing so beautifully and provocatively. A quick movement that fell like a wave from his hips, through his thighs, to his feet, before he looked down and the movement rose again, through his waist, all the way to his shoulders. Then he shook his head, looking at me, coming even closer.

I was all sweaty. Everyone was sweaty, but I saw no one besides him. I'd seen him before, though not there. A while ago, I can't remember where. I'd been to so many places. He'd probably been to many places too. At one of those places, perhaps. Here

muitos lugares. Num desses lugares, quem sabe. Aqui, ali. Mas não lembraríamos antes de falar, talvez também nem depois. Só que não havia palavras. havia o movimento, a dança, o suor, os corpos meu e dele se aproximando mornos, sem querer mais nada além daquele chegar cada vez mais perto.

Na minha frente, ficamos nos olhando. Eu também dançava agora, acompanhando o movimento dele. Assim: quadris, coxas, pés, onda que desce, olhar para baixo, voltando pela cintura até os ombros, onda que sobe, então sacudir os cabelos molhados, levantar a cabeça e encarar sorrindo. Ele encostou o peito suado no meu. Tínhamos pêlos, os dois. Os pêlos molhados se misturavam. Ele estendeu a mão aberta, passou no meu rosto, falou qualquer coisa. O quê, perguntei. Você é gostoso, ele disse. E não parecia bicha nem nada: apenas um corpo que por acaso era de homem gostando de outro corpo, o meu, que por acaso era de homem também. Eu estendi a mão aberta, passei no rosto dele, falei qualquer coisa. O quê, perguntou. Você é gostoso, eu disse. Eu era apenas um corpo que por acaso era de homem gostando de outro corpo, o dele, que por acaso era de homem também.

Eu queria aquele corpo de homem sambando suado bonito ali na minha frente. Quero você, ele disse. Eu disse quero você também. Mas quero agora já neste instante imediato, ele disse e eu repeti quase ao mesmo tempo também, também eu quero.

and there. But we didn't realize this until we finally spoke, maybe not even then. We had no words. There was only movement, sweat, his body and mine coming close, not wanting anything besides getting closer to each other's warmth.

As he stood in front of me, we stared at each other. Now I was dancing too, following his movement: hips, thighs, feet, looking down for a moment, the wave rising through my waist all the way to my shoulders, then shaking my wet hair, raising my head, and looking at him with a smile. His sweaty chest met mine. We had hairy chests, both of us. Our wet hair mixed together. He stretched out his open hand, touched my face, said something or other. What? I asked. You're hot, he said. He didn't even look queer or anything: just a body that happened to be masculine enjoying another body, mine, that happened to be masculine too. I stretched out my open hand, touched his face, said something or other. What? he asked. You're hot, I said. I was just a body that happened to be masculine enjoying another body, his, that happened to be masculine too.

I wanted that man's body dancing sweaty and beautiful in front of me. I want you, he said. I said I want you too. But I want you right now at this very moment, he said, and I said it too, I want that too. He smiled wider, showing his bright teeth. He stroked my stomach. I stroked his. He grabbed, we grabbed. Our flesh covered with hair and firm with muscles under the

Sorriu mais largo, uns dentes claros. Passou a mão pela minha barriga. Passei a mão pela barriga dele. Apertou, apertamos. As nossas carnes duras tinham pêlos na superfície e músculos sob as peles morenas de sol. Ai-ai, alguém falou em falsete, olha as loucas, e foi embora. Em volta, olhavam.

Entreaberta, a boca dele veio se aproximando da minha. Parecia um figo maduro quando a gente faz com a ponta da faca uma cruz na extremidade mais redonda e rasga devagar a polpa, revelando o interior rosado cheio de grãos. Você sabia, eu falei, que o figo não é uma fruta mas uma flor que abre pra dentro. O quê, ele gritou. O figo, repeti, o figo é uma flor. Mas não tinha importância. Ele enfiou a mão dentro da sunga, tirou duas bolinhas num envelope metálico.

Tomou uma e me estendeu a outra. Não, eu disse, eu quero minha lucidez de qualquer jeito. Mas estava completamente louco. E queria, como queria aquela bolinha química quente vinda direto do meio dos pentelhos dele. Estendi a língua, engoli. Nos empurravam em volta, tentei protegê-lo com meu corpo, mas ai-ai repetiam empurrando, olha as loucas, vamos embora daqui, ele disse. E fomos saindo colados pelo meio do salão, a purpurina da cara dele cintilando no meio dos gritos.

Veados, a gente ainda ouviu, recebendo na cara o vento frio do mar. A música era só um tumtumtum de pés e tambores batendo. Eu olhei para cima e mostrei olha lá as Plêiades,

tan skin. Ai ai, someone said in falsetto, look at them queens, and walked away. Around us, people stared.

His mouth came closer to mine, slightly open. Like a ripe fig cut into quarters, the pulp slowly torn from the round side to the tip with the blade of a knife, revealing the pink insides full of seeds. Did you know, I asked, that figs aren't fruit, that they're actually flowers that bloom inward? What? he yelled. Figs, I repeated. But it didn't matter. He reached into his swimming trunks and took out two little pills in a silver sleeve. He took one and offered me the other. No, I said, I wanted my lucidity no matter what. But I was completely crazy. And I desired that little ball of chemicals, warm from his crotch. I stuck out my tongue, swallowed it. Someone in the crowd pushed us, I tried to shield him with my body, but ai ai, they repeated, still pushing us, look at them queens. Let's go, he said. We left glued to one another across the dance floor, the glitter on his face sparkling in between shouts.

Fags, we heard as we welcomed the cold sea breeze. The music was just a thump-thump-thump of feet and drums beating. I looked up and pointed, look at the Pleiades, the only constellation I knew how to identify like a tennis racket hanging from the sky. You'll catch a cold, he said, his hand on my shoulder. That was when I noticed we weren't wearing masks. I remembered reading somewhere that pain is the only emotion that doesn't

41

só o que eu sabia ver, que nem raquete de tênis suspensa no céu. Você vai pegar um resfriado, ele falou com a mão no meu ombro. Foi então que percebi que não usávamos máscara. Lembrei que tinha lido em algum lugar que a dor é a única emoção que não usa máscara. Não sentíamos dor, mas aquela emoção daquela hora ali sobre nós, eu nem sei se era alegria, também não usava máscara. Então pensei devagar que era proibido ou perigoso não usar máscara, ainda mais no Carnaval.

A mão dele apertou meu ombro. Minha mão apertou a cintura dele. Sentado na areia, ele tirou da sunga mágica um pequeno envelope, um espelho redondo, uma gilette. Bateu quatro carreiras, cheirou duas, me estendeu a nota enroladinha de cem. Cheirei fundo, uma em cada narina. Lambeu o vidro, molhei as gengivas. Joga o espelho no mar pra Iemanjá, me disse. O espelho brilhou rodando no ar, e enquanto acompanhava o vôo fiquei com medo de olhar outra vez para ele. Porque se você pisca, quando torna a abrir os olhos o lindo pode ficar feio. Ou vice-versa. Olha pra mim, ele pediu. E eu olhei.

Brilhávamos, os dois, nos olhando sobre a areia. Te conheço de algum lugar, cara, ele disse, mas acho que é da minha cabeça mesmo. Não tem importância, eu falei. Ele falou não fale, depois me abraçou forte. Bem de perto, olhei a cara dele, que olhada assim não era bonita nem feia: de poros e pêlos, uma cara de verdade olhando bem de perto a cara de verdade que era a minha.

wear a mask. We weren't in pain, but that emotion we felt at that moment, and I don't even know if it was joy, also didn't wear a mask. I thought then that it must be forbidden or dangerous not to wear masks, especially during Carnival.

His hand squeezed my shoulder. My hand squeezed his waist. Sitting on the sand, he took out a piece of paper, a round mirror, a razor blade from his magic trunks. He cut four lines, snorted two, offered me the rolled-up bill. I snorted deep, one in each nostril. I licked the glass, I wetted my gums. Throw the mirror to Yemanjá, he said. The mirror glinted in the air, and while I followed its flight I grew afraid of looking at him again. Because if you blink, when you open your eyes again the pretty might turn ugly. Or vice-versa. Look at me, he asked. And I did.

We were glowing, both of us, looking over at one another on the sand. I feel like I know you from somewhere, man, he said, or maybe it's just me. It doesn't matter, I said. He said, don't say anything, then hugged me tight. I looked at his face up close, which seen from this angle was neither beautiful nor ugly: pores and hair, a real face looking up close at another real face that happened to be mine. His tongue went down my neck, my tongue into his ear, before they melded together, wet. Like two ripe figs pressed tight against one another, the red seeds grating against one another like teeth against teeth.

We took off each other's clothes, then rolled in the sand.

A língua dele lambeu meu pescoço, minha língua entrou na orelha dele, depois se misturaram molhadas. Feito dois figos maduros apertados um contra o outro, as sementes vermelhas chocando-se com um ruído de dente contra dente.

Tiramos as roupas um do outro, depois rolamos na areia. Não vou perguntar teu nome, nem tua idade, teu telefone, teu signo ou endereço, ele disse. O mamilo duro dele na minha boca, a cabeça dura do meu pau dentro da mão dele. O que você mentir eu acredito, eu disse, que nem na marcha antiga de Carnaval. A gente foi rolando até onde as ondas quebravam para que a água lavasse e levasse o suor e a areia e a purpurina dos nossos corpos. A gente se apertou um conta o outro. A gente queria ficar apertado assim porque nos completávamos desse jeito, o corpo de um sendo a metade perdida do corpo do outro. Tão simples, tão clássico. A gente se afastou um pouco, só para ver melhor como eram bonitos nossos corpos nus de homens estendidos um ao lado do outro, iluminados pela fosforescência das ondas do mar. Plâncton, ele disse, é um bicho que brilha quando faz amor.

E brilhamos.

Mas vieram vindo, então, e eram muitos. Foge, gritei, estendendo o braço. Minha mão agarrou um espaço vazio. O pontapé nas costas fez com que me levantasse. Ele ficou no chão. Estavam todos em volta. Ai-ai, gritavam, olha as loucas.

I won't ask your name, your age, your number, your sign, your address, he said. His hard nipple in my mouth, my hard dick in his hand. If you tell me a lie I'll believe you, I said, as if quoting an old Carnival song. We kept rolling in the sand up to where the waves crashed, so the water would wash the sweat and sand and glitter off our bodies. We held each other tight. We wanted to hold each other tight like this because we completed each other this way, one body as the other body's missing half. So simple. Classic, even. We pulled away a little, just to look at how beautiful our naked masculine bodies looked stretched on the sand beside each other, gleaming with phosphorescence from the waves. Planktons, he said, they glow when they make love.

And we glowed.

But then they came, and they were many. Run, I shouted, stretching out my arm. My hand grabbed nothing. The kick in my back got me up. He stayed on the ground. They were all around us. Ai ai, they yelled, look at them queens. Looking down, I saw his eyes wide-open and guiltless, among all the other faces. His wet mouth drowning in that dense mass, a loose tooth glinting on the sand. I wanted to take him by the hand, shield him with my body, but suddenly, without planning to, I was running alone on the wet sand, the others all around us, too close.

As I shut my eyes I saw three images juxtaposed, like a

Olhando para baixo, vi os olhos dele muito abertos e sem nenhuma culpa entre as outras caras dos homens. A boca molhada afundando no meio duma massa escura, o brilho de um dente caído na areia. Quis tomá-lo pela mão, protegê-lo com meu corpo, mas sem querer estava sozinho e nu correndo pela areia molhada, os outros todos em volta, muito próximos.

Fechando os olhos então, como um filme contra as pálpebras, eu conseguia ver três imagens se sobrepondo. Primeiro o corpo suado dele, sambando, vindo em minha direção. Depois as Plêiades, feito uma raquete de tênis suspensa no céu lá em cima. E finalmente a queda lenta de um figo muito maduro, até esborrachar-se contra o chão em mil pedaços sangrentos.

movie under my lids. First his sweaty body, dancing, walking in my direction. Then the Pleiades like a tennis racket up there in the sky. And finally, the slow fall of an overripe fig, until it met the ground in a thousand bloody pieces.

# Angélica Freitas

# Uma mulher limpa

# A Clean Woman

# Woman

Translated by
Hilary Kaplan and Chris Daniels

porque uma mulher boa
é uma mulher limpa
e se ela é uma mulher limpa
ela é uma mulher boa

há milhões, milhões de anos
pôs-se sobre duas patas
a mulher era braba e suja
braba e suja e ladrava

porque uma mulher braba
não é uma mulher boa
e uma mulher boa
é uma mulher limpa

há milhões, milhões de anos
pôs-se sobre duas patas
não ladra mais, é mansa
é mansa e boa e limpa

because a good woman
is a clean woman
and if she's a clean woman
she's a good woman

millions and millions of years ago
up on her two hind legs
woman was unbroken and dirty
unbroken and dirty and she barked

because an unbroken woman
isn't a good woman
and a good woman
is a clean woman

millions and millions of years ago
up on her two hind legs
she doesn't bark anymore, she's broken
she's broken good and clean

\*

uma mulher muito feia
era extremamente limpa
e tinha uma irmã menos feia
que era mais ou menos limpa

e ainda uma prima
incrivelmente bonita
que mantinha tão somente
as partes essenciais limpas
que eram o cabelo e o sexo

mantinha o cabelo e o sexo
extremamente limpos
com um xampu feito no texas
por mexicanos aburridos

mas a heroína deste poema
era uma mulher muito feia
extremamente limpa
que levou por muitos anos
uma vida sem eventos

\*

one very ugly woman
was extremely clean
and she had a less ugly sister
who was more or less clean

one of her cousins
was incredibly pretty
and she kept clean
only the essential parts
i.e., hair and sex

she kept her hair and sex
extremely clean
with shampoo made in texas
by bored braceras

but the heroine of this poem
was a very ugly and
extremely clean woman
who for many years led
an uneventful life

*

uma mulher sóbria
é uma mulher limpa
uma mulher ébria
é uma mulher suja

dos animais deste mundo
com unhas ou sem unhas
é da mulher ébria e suja
que tudo se aproveita

as orelhas o focinho
a barriga os joelhos
até o rabo em parafuso
os mindinhos os artelhos

*

era uma vez uma mulher
e ela queria falar de gênero

era uma vez outra mulher
e ela queria falar de coletivos

\*

a sober woman
is a clean woman
a drunk woman
is a dirty woman

of all the animals in the world
with nails or without nails
it is the drunk and dirty woman
who has the most useful parts

ears muzzle
belly and knees
even the curly tail
ankles and pinkies

\*

once upon a time there was a woman
and she wanted to talk about gender

once upon a time there was another woman
and she wanted to talk about collectives

e outra mulher ainda
especialista em declinações

a união faz a força
então as três se juntaram

e fundaram o grupo de estudos
            celso pedro luft

*

## uma canção popular
## (séc. XIX-XX):

uma mulher incomoda
é interditada
levada para o depósito
das mulheres que incomodam

loucas louquinhas
tantãs da cabeça
ataduras banhos frios
descargas elétricas

and there was yet another woman
a specialist in declensions

unity is strength
so the three came together

and founded the study group
            celso pedro luft

\*


## a popular song
## (XIX-XX cent.):

a disturbing woman
is detained
taken to the depot
where they keep disturbing women

crazy little crazies
all mushy in the head
restraints cold baths
electroshock

são porcas permanentes
mas como descobrem os maridos
enriquecidos subitamente
as porcas loucas trancafiadas
são muito convenientes

interna, enterra

*

uma mulher gorda
incomoda muita gente
uma mulher gorda e bêbada
incomoda muito mais

uma mulher gorda
é uma mulher suja
uma mulher suja
incomoda incomoda
muito mais

uma mulher limpa
rápido
uma mulher limpa

all boarding sows
but as their suddenly enriched
husbands discover
locked-up mad sows
are very convenient

interned, interred

*

an obese woman
disturbs a lot of people
an obese and drunken woman
disturbs many more

an obese woman
is a dirty woman
a dirty woman
disturbs disturbs
many more

a clean woman
make it snappy
a clean woman

*

é o poema da mulher suja
da mulher suja que vi na feira
no chão juntando bananas
e uvas caídas dos cachos

tinha o rosto sujo
as mãos imundas
e sob as unhas compridas
milhares de micróbios

e em seus cabelos
longos, sujos, cacheados
milhares de piolhos

a mulher suja da feira
ela mesma uma fruta
caída de um cacho

era frugívora
pelas circunstâncias

gostava muito de uvas

\*

this is the poem of the dirty woman
the dirty woman i saw at the fair
on the ground gathering bananas
and grapes fallen from bunches

she had a dirty face
filthy hands
and under long nails
thousands of microbes

and in her long
dirty, curly hair
thousands of lice

the dirty woman at the fair
herself a fruit
fallen from a bunch

she was frugivorous
by circumstance

she liked grapes very much

mas em não havendo uvas
gostava também de bananas

*

uma mulher insanamente bonita
um dia vai ganhar um automóvel
com certeza vai
ganhar um automóvel

e muitas flores
quantas forem necessárias
mais que as feias, as doentes
e as secretárias juntas

já uma mulher estranhamente bonita
pode ganhar flores
e também pode ganhar um automóvel

mas um dia vai
com certeza vai
precisar vendê-lo

*

but when she had no grapes
she also liked bananas

*

an insanely beautiful woman
will one day get an automobile
most certainly will
get an automobile

and a lot of flowers
however many needed
more than the uglies, diseased
and secretaries put together

now a strangely beautiful woman
will get flowers
and may even get an automobile

but one day she'll
most certainly she'll
have to sell

*

uma mulher limpa
aguarda pacientemente
na fila de transplantes de fígado
não acharam doador

não pode fazer muito esforço
de verdade nenhum esforço
fica na cama esperando
sempre limpa e sempre alerta

quando ligarem do governo
para avisar que encontraram
e que o fígado vem voando
para habitar sua barriga

ela estará limpa
limpa como uma gaveta
pronta para a nova vida
pronta para o novo fígado

*

uma mulher gostava muito de escovar os dentes
escovava-os com vigor
escovava-os de manhã de tarde e de noite

a clean woman
waits patiently
in line for a liver transplant
no donor was found

she can't make much of an effort
really no effort at all
she stays in bed waiting
always clean and always alert

when they call from the government
to let her know they found one
and that the liver is flying
to inhabit her belly

she will be clean
clean as a drawer
ready for her new life
ready for her new liver

*

a woman really loved it when she brushed her teeth
she brushed them vigorously
she brushed them morning noon and night

os três melhores momentos do dia

escovava-os com muita pasta
num movimento circular
alternando as arcadas
enquanto recitava

para dentro para baixo
o sutra prajnaparamita
ou a canção if i had a hammer

ao cuspir sentia-se muito melhor

*

uma mulher não gostava de dizer
"uma mulher"
o que ouvia era "mamu"

também não gostava
de dizer "uma amiga"
"mami"

e ainda outra mulher havia
que não gostava de "mamão"

the three best times of day

she brushed them with a lot of paste
in a circular motion
switching arches
while she recited

the prajnaparamita sutra
inside down
or if i had a hammer

she felt so much better when she spit

*

a woman didn't like to say
"woman"
what she heard was "woe-man"

she also didn't like
to say "mommy"
"mummy"

and there was yet another woman
who didn't like "mammary"

nem de "mamoa"
e muito menos de "mamona"

*

uma mulher sóbria
ganhou de natal uma boia
mas ela nunca nadou
nem ela nem o marido

quis saber o que a boia
significava

a irmã que lhe deu a boia
disse: "boia não se explica
boia se usa"

depois lhe disseram:

"boia é para flutuar na água"

"boia é para quem não sabe nadar"

"boia é para criança"

or "mommery"
and even less, "mummery"

*

a sober woman
got water wings for christmas
but she never swam
her husband didn't either

she wanted to know
what water wings meant

the sister who gave her the water wings
said: "you don't explain water wings
you use them"

then she was told:

"water wings are for floating in the water"

"water wings are for people who can't swim"

"water wings are for children"

"não há nada mais estúpido
no mundo do que uma boia
e além do mais
aqui não há rio, lagoa, piscina"

*

era uma vez uma mulher que não perdia
a chance de enfiar o dedo no ânus

no próprio ou no dos outros

o polegar, o indicador, o médio
o anular ou o mindinho

sentia-se bem com o mindinho

nos outros, era sempre o médio
por ela, enfiava logo o polegar

não, nenhuma consequência

*

"there's nothing stupider
in the world than water wings
and besides there's no
river here, no lagoon, no swimming pool"

*

once upon a time there was a woman who never
missed a chance to stick her finger in an anus

her own or another's

thumb, index, middle
ring or pinky

felt good with the pinky

in another's, it was always the middle
for hers, the thumb, right away

nah, nothing of consequence

*

## alcachofra

amélia que era a mulher de verdade
fugiu com a mulher barbada
        barbaridade
foram morar num pequeno barraco
às margens do arroio macaco
        em pedra lascada, rs

primeiro a solidão foi imensa
as duas não tinham visitas
        nem televisor
passavam os dias se catando
pois tinham pegado piolho
        e havia pulgas no lugar

"somos livres" dizia amélia
e se atirava no sofá
        e suspirava
a mulher barbada também suspirava
e de tanto suspirar
        já estava desesperada

"gostavas mais como era antes?"

## artichoke

amelia, the real woman,
ran away with the bearded lady
      balderdash!
they lived in a small hut
on the banks of the monkey arroyo
      in pedra lascada, rio grande do sul

at first they were terribly isolated
they had no visitors
      no television
they passed the time in close self-examination
because they'd gotten lice
      and the place was infested with fleas

"we're free," amelia would say
throwing herself on the sofa
      and sighing
the bearded lady sighed too
she sighed so much
      she was soon deflated

"you liked things better before?"

perguntou amélia, desconfiada
          temia que a outra
pensasse no circo
pois agora passavam os dias
          só as duas no barraco

a mulher barbada sempre fora
de poucas e precisas palavras
          quase nem falava
assentia com a cabeça, balançava-a
se não concordava, como os simples
          ou os que perderam a língua

a mulher barbada simplesmente não sentia
aquela necessidade de discutir
          cada coisa do dia a dia
e amélia ficava grilada, então
além das pulgas e dos piolhos
          era inseto pra caramba

..............................................
..............................................
..............................................

asked amelia, suspicious
        she was afraid her companion
was dwelling on the circus
now that they spent their days
        just the two of them in the hut

the bearded lady had always been a person
of few, precise words
        she hardly ever spoke
she consented with a nod, shook her head
if she didn't agree, like a simpleton
        or someone who'd lost their tongue

the bearded lady simply didn't feel
the need to discuss
        every little everyday thing
this troubled amelia
and besides the fleas and lice
        there were other insects up the wazoo

...............................................
...............................................
...............................................

"vivo com uma desconhecida"
disse amélia, certo dia, no barraco
"eu vou comprar cigarros"
disse a mulher barbada
"tu não vais a lugar nenhum"
disse amélia, "senta a tua bunda
peluda no sofá
que eu quero conversar"
a mulher barbada bufou
mas fez o que mandou a companheira

amélia contou de sua infância
em pinta preta, rs
e como era a garota mais cobiçada
porque não tinha a menor vaidade
e havia uns cinco rapazes pelo menos
que pensavam desposá-la
porque era conhecido o seu custo-benefício
muito mais quilômetros por litro
etc etc etc

       "agora me conta de ti"

ti  ti  ti

"i don't even know who i live with"
said amelia, one day in the hut
"i'm going out for cigarettes"
said the bearded lady
"you're not going anywhere"
said amelia, "sit your hairy
butt on the sofa
'cause I need to talk"
the bearded lady harumphed
but did what her partner asked

amelia talked about her childhood
in a town called black spot, rio grande do sul
and how she was the girl everyone desired
because she wasn't vain at all
and how at least five different boys
wanted to marry her
because she was low-maintenance
she got more miles to the gallon
etc etc etc

      "now tell me about the bearded lady"

lady  lady  lady

ficou ecoando a palavra
que a mulher barbada
mais detestava
(depois de tu)
"e se essa louca
for a minha dalila?
o que que eu faço?
pra onde é que eu corro?"

      "sabe uma coisa que é boa pro estômago
            é chá de alcachofra"
      foi o que a mulher barbada ouviu
      sair de sua boca

..............................................

..............................................

..............................................

misteriosos pontinhos pretos
invadiram o espaço aéreo
dos olhos de amélia
e amélia disse: "chega, tu não me valorizas"
e ainda "levanta essa bunda peluda do sofá,
faz alguma coisa"

the bearded lady
hated that word
(almost as much as she hated
"bearded lady")
"and if this nut
were my delilah?
what would i do?
where would i run?"

        "you know what's good for the stomach?
                artichoke tea"
       is what the bearded lady heard
       come out of her mouth

...............................................
...............................................
...............................................

mysterious black dots
invaded the space
before amelia's eyes
"enough," she said. "you don't appreciate me"
and then, "get your hairy butt up off the sofa
and do something"

então a mulher barbada levantou a sua bunda peluda
do sofá e fez uma coisa: pegou um navio de bandeira grega
o kombustaun spontanya, e zarpou pra servir
na marinha. virou o cabo seraferydo
dele ou dela não se teve mais notícia
amélia voltou para pinta preta
onde foi perdoa... promovi... esfaquea...

..................................................
..................................................
..................................................

so the bearded lady got her hairy butt up
off the sofa and did something: she boarded a boat bearing a greek flag
the spontanyus kombustyon, and sailed away to join
the navy. she became admiral reapwhatyuso
no more was heard from him or her
amelia returned to black spot
where she was forgiv... promo... marr...

.................................................

.................................................

.................................................

# Carol Bensimon

# Uma casa nova

# A New House

Translated by
Zoë Perry and Julia Sanches

Tenho certeza que ela é uma boa pessoa, pois está em Uganda adotando duas crianças. O processo pode levar até dois anos, e cada criança custa 14.500 dólares. É preciso viver no país pelo tempo que a burocracia durar (estimativa de despesas adicionais, segundo o site do Programa de Adoção de Uganda: 22.000 dólares).

Angelica está na África há dezesseis meses. Entro no Facebook para bisbilhotar. Não peço amizade. Ela é loira com dreads, as sobrancelhas estreitas e curtas, uma cara de boneca de cera. Tirou uma foto de uma barata e perguntou se alguém estava tendo aquele mesmo problema em Jinja, mas eu não me impressionei, mesmo com a caneta bic ao lado do inseto morto a título de proporção; sou do Brasil, conheço baratas.

"Quero tanto ir para casa", Angelica escreveu doze dias atrás. "Estou cansada das coceiras, das infecções, da malária, dos parasitas. Aqui é um lugar onde a yoga é considerada adoração do demônio, e pão branco e Cheetos são comidas

I'm sure she's a good person, after all she's in Uganda adopting two children. The process can take up to two years, and each child costs $14,500. You have to live in the country for the duration of the process (an estimate of additional expenses, according to the website of the Uganda Adoption Program: $22,000).

Angelica has been in Africa for nineteen months. I log on to Facebook to poke around. I don't send her a friend request. She's blonde with dreadlocks, straight, stubby eyebrows, and the face of a wax doll. She's posted a picture of a cockroach and asked if anyone else in Jinja was having the same problem, but even with the ballpoint pen lying next to the bug for size, I'm not impressed; I'm from Brazil, I know cockroaches.

"I want to go home so bad," wrote Angelica twelve days ago. "I'm tired of the constant itching, the malaria, the parasites. People here think yoga is devil-worshipping and that

saudáveis. Sei que tudo isso está determinado na minha linha da vida, mas, às vezes, é simplesmente difícil demais."

Ainda não tive tempo de abrir minhas caixas e colocar as coisas em ordem. Angelica disse que a casa estaria limpa, mas encontro pelos de gato por tudo e uma bola azul com um guizo embaixo do sofá. A antiga locatária também deixou para trás um pacote de Oreo. Coloco os biscoitos e o brinquedo de gato no lixo, depois sento para trabalhar.

Uma única chamada durante toda a manhã: em algum lugar do Massachussetts, um brasileiro motorista de Uber bateu o carro. Ele me passa seus dados em português e eu os repito em inglês para o homem da seguradora. Parece que está chorando. Então começa a falar diretamente comigo: "Moça, não posso ficar sem trabalho. Tenho dois filhos e minha mulher limpa quarto de hotel." "O que ele disse?", pergunta o homem da seguradora. "O senhor Moreira quer saber quanto tempo vai levar o conserto do carro."

Nunca sei como terminam as histórias. Faz parte do trabalho. Não sei as sentenças que vêm depois dos depoimentos, se o emprego ainda está lá quando os carros voltam da oficina, se recebem alta ou se morrem os pacientes que estão nos hospitais.

Wonder Bread and Cheetos are real food. I know it's all part of my journey, but, sometimes, it's just too hard."

I still haven't had time to unpack the boxes and put everything away. Angelica said the house would be clean, but there's cat hair everywhere and I found a blue ball with a bell on it under the sofa. The former tenant also left behind a package of Oreos. I toss the cookies and the cat toy in the trash then sit down to work.

Only one phone call all morning: somewhere in Massachusetts, a Brazilian Uber driver has crashed his car. He gives me his information in Portuguese and I convey it in English to the insurance agent. He sounds like he's crying. Then he starts speaking directly to me: "I can't lose my job, Miss. I've got two kids. My wife works as a maid at a hotel." "What did he say?" asks the insurer. "Mr. Moreira would like to know how long it'll be until his car is fixed."

I never know how the stories end. It's part of the job. I don't know the sentences they get after they give testimony, if they've still got jobs when the cars come back from the shop, if they're discharged or if the patient ends up dying in the hospital.

De vez em quando, olho para a casa grande. É a única coisa que vejo da janela, além da floresta que começa logo depois do meu gramado. Enquanto Angelica não volta de Uganda com as duas meninas, Jesse, seu filho biológico e Emily, a namorada, estão morando lá. Batem um dia na minha porta. São tão bonitos que chega a doer, uns oito ou dez anos mais novos do que eu, com aquele otimismo reluzente de quem ainda tem muitas opções. Emily é garçonete no restaurante mais caro da cidade, mas isso parece apenas provisório. Jesse curte couro. Não sei de onde vêm os animais.

Me convidam para jantar. "Adorei sua pantufa", digo a Emily. "Ah, eu amo elas. São da Dinamarca. Lã de verdade."

Sou aquele tipo que está nas estatísticas: compro coisas durante a madrugada. Já comprei uma máscara aborígene, gravuras do oceano Pacífico, um cortador de abacate, um porta-lápis que se parece com um trailer, luzes de emergência, um pacote de videoaulas sobre jardinagem. Depois de ver Emily e Jesse pela primeira vez, compro as pantufas dela. Idênticas. Azul é sempre a cor mais bonita.

Jantar na casa grande. Jesse me mostra uma pele de raposa e eu tento não parecer surpresa enquanto encaro aquele animal achatado, sem olhos, a cauda balançando nas mãos dele. Emily

Now and then, I look over at the big house. It's the only thing I can see from the window besides the forest that starts just beyond my lawn. Until Angelica comes back from Uganda with the two girls, Jesse, her biological son, and Emily, his girl-friend, are living there. They knock on my door one day. They're so attractive it hurts, eight or ten years younger than me, with the shimmering optimism of people who have lots of options. Emily works as a waitress at the most expensive restaurant in town, but it looks like that's just temporary. Jesse tans leather. I don't know where he gets the animals. They invite me over for dinner. "I love your slippers," I say to Emily. "Aren't they lovely? They're from Denmark. Real wool."

I'm the one in the statistics: I buy things in the middle of the night. I've already bought an aboriginal mask, etchings of the Pacific Ocean, an avocado slicer, a pencil case that looks like a trailer, emergency lights, and a series of online gardening classes. After I meet Emily and Jesse for the first time, I buy a pair of her slippers. They're identical. Blue is always the most beautiful color.

Dinner in the big house. Jesse shows me a fox pelt and I try not to look surprised as I stare at the creature, flattened and eyeless, its tail dangling from his hands. Emily and Jesse met

e Jesse se conheceram porque levavam crianças para acampar. Eu os imagino dentro de uma barraca, tentando não fazer barulho demais. Acabo me sentindo envergonhada quando tenho que dizer que trabalho na frente do computador, mas Emily parece achar isso incrível, "você tem um mestrado em linguística, uau". Quando conta que tirou uma menina de dentro de um rio, toca na minha perna. Por causa do salvamento, ganhou algum tipo de medalha e uma carta assinada pelo governador Arnold Schwarzenegger. Na despedida, Jesse olha para meus pés. "Você comprou as pantufas!"

"Esse lugar está cheio de gente interessante", digo para minha mãe pelo Skype no dia seguinte. "Você tá chamando arrancar a pele de animais de 'coisa interessante'?" "Uma conexão com a natureza", digo. "Faz sentido se mudar pra um país de Primeiro Mundo e ficar amiga de gente tão primitiva?"

Às vezes, conversamos no pátio. Um dia, eles tomam café aqui. Gosto de ver Jesse trabalhar na horta e Emily sair para o restaurante por volta das quatro. São tão bonitos que é quase uma obrigação ficar olhando.

Recebo uma chamada de um hospital em Cleveland e preciso explicar um quadro de pneumonia para um português que tem dificuldade de entender meu sotaque brasileiro, mas,

because they take kids camping. I picture them inside a tent, trying not to make too much noise. When I tell them I work at a computer, I feel embarrassed, but Emily seems to think it's amazing. "You've got an MA in linguistics? Wow." When she tells me about the time she pulled a girl out of a river, she touches my leg. The rescue earned her some sort of medal and a letter signed by Arnold Schwarzenegger. When we say good-bye, Jesse glances at my feet. "You bought the slippers!"

"There are loads of interesting people here," I tell my mother over Skype the next day. "You call skinning animals 'interesting'?" "They have a close relationship with nature," I say. "I don't see the sense in moving to a First World country only to make friends with such primitive people."

Sometimes we chat in the backyard. One day, they come over for coffee. I like watching Jesse work in the vegetable garden and Emily leave for the restaurant at around four. They're so attractive, staring at them is practically an obligation.

I take a call from a hospital in Cleveland in which I have to explain a pneumonia diagnosis to a Portuguese man who has trouble understanding my Brazilian accent, and for two days that's all the work I have. When I mention my financial troubles to Emily, she tells me they've decided to rent part of

durante dois dias, esse é o único trabalho que tenho. Quando comento sobre minhas dificuldades financeiras com Emily, ela me diz que eles decidiram alugar parte da casa grande pelo Airbnb, será que eu não me interessaria em "cuidar" disso?

Começo a ver aqueles turistas chegando e indo embora, mas sempre sem encontrá-los. Gosto de esvaziar as latas de lixo, e as histórias são todas muito parecidas: chocolate, vinho, comida pronta. Troco os lençóis, limpo o banheiro, tiro as aranhas do chuveiro sem matá-las porque sei que aranhas podem ser tão prejudiciais na avaliação dos hóspedes quanto os cabelos de um estranho no ralo. Mas o que mais gosto é de ter livre acesso à casa grande, examinar as galhadas penduradas sobre a lareira, usar a cozinha ampla para lavar xícaras e copos, experimentar as roupas de Emily e de Jesse quando eles não estão.

O verão inteiro é um ponto de equilíbrio perfeito, mas, no início do outono, Angelica chega de Uganda com as duas menininhas. Vejo movimentação no jardim durante toda a semana. As crianças usam vestidos cor de rosa e fazem buracos na horta. Angelica não vem se apresentar. "Desculpa mesmo", diz a mensagem que recebo de Emily, "Como você pode imaginar, não vamos mais alugar aquela parte da casa no Airbnb. E Jesse

the big house on Airbnb, and would I be interested in "taking care" of that?

I see tourists come and go, but we never run into each other. I enjoy emptying the trash in the house because they all tell a similar story: chocolate, wine, takeout. I change the sheets, clean the bathroom, take spiders out of the shower without killing them because I know they can be as damaging to a review as finding another person's hair in the drain. But what I enjoy most is having free access to the big house, to study the antlers hanging above the fireplace, to use their gigantic kitchen to wash mugs and glasses, to try on Emily and Jesse's clothes when they're not home.

The whole summer is in perfect balance. Then, in early fall, Angelica returns from Uganda with the two girls. All week long, I spy activity in the backyard. The children wear pink dresses and dig holes in the vegetable garden. Angelica doesn't introduce herself. "I'm really sorry," reads a message I get from Emily, "but as you've probably guessed, we won't be renting that part of the house on Airbnb anymore. Jesse and I don't even know where we're going to live from now on! So many changes!"

Then, Angelica buys a rooster.

e eu nem sabemos onde a gente vai viver daqui pra frente! Tantas mudanças!".

Então Angelica compra um galo.

O canto de um galo atinge 130 decibéis. Isso é o mesmo que ouvir um jato decolando a quinze metros de distância. Cientistas descobriram que, quando o bico de um galo se abre, o tecido mole cobre a metade do seu tímpano, enquanto um quarto do canal auditivo se fecha. É assim que um galo evita que fique surdo, mas isso não diz rigorosamente nada sobre quem vive perto de um galinheiro.

Esse específico galo canta o tempo todo. Começa às cinco da manhã, muito antes de o sol nascer, e continua ao longo do dia, emendando uns quatro ou cinco cantos do tipo decolagem de jato, de maneira que fico sempre esperando o próximo. E o próximo. E o próximo.

Quatro dias sem dormir direito. Às dez da manhã da quinta-feira, vejo que Angelica está no jardim e vou falar com ela pela primeira vez. Tem um sorriso estranho de quem parece estar debochando do interlocutor. Jesse havia estendido umas peles no gramado e as mostrava às menininhas, mas, quando começo a falar com a mãe dele, ele enrola as peles e se retira, o tempo todo com a cabeça baixa.

A rooster's crow can reach 130 decibels. That's like listening to a jet taking off from fifty feet away. Scientists have found that when roosters open their beaks, soft tissue covers half their eardrums and a quarter of the ear canal closes itself off. This explains how a rooster keeps from going deaf but says absolutely nothing about the person living near the chicken coop.

This particular rooster crows all the time. It starts at five in the morning, long before the sun comes up, and continues throughout the day, a procession of four or five jet-plane crows, so that I'm always waiting for the next one. And the next one. And the next one.

Four days without a good night's sleep. At ten o'clock on Thursday morning, I see Angelica in the backyard and go over to speak to her for the first time. Her smile is peculiar, like she's mocking whoever's talking to her. Jesse had laid out some hides on the lawn and was showing them to the little girls, but as soon as I start talking to his mother, he rolls them up and leaves, keeping his head down the whole time.

"It's a shame we have to meet this way," I tell Angelica, "but I'm having trouble with the rooster."

"Ah, the rooster. Sorry, but this is productive land. In Uganda, there are roosters crowing, dogs barking, and music playing all day long."

"I thought you were sick of Uganda."

"Uma pena a gente se conhecer nessa situação", digo a Angelica, "mas estou tendo problemas com o galo".

"Ah, o galo. Desculpa, mas essa é uma terra produtiva. Em Uganda, há galos o dia inteiro, latidos de cachorro, música."

"Achei que você tava cansada de Uganda."

"O quê?

"Será que a gente não poderia chegar a alguma solução boa para nós duas? Eu trabalho em casa, às vezes fica difícil eu me concentrar. De repente você poderia instalar o galinheiro um pouco mais longe do meu quarto?"

"Mover o galinheiro?" Ela me olha como se eu fosse uma idiota. "Você já tentou tampões de ouvido?"

Emily e Jesse vão embora sem dizer tchau, com o carro cheio de tralha.

Um caminhão de lenha que vem do vale para em frente à casa grande. Frank's Firewood. É um dia de tempo bom e eu decidi ler na varanda sobre os índios que viviam aqui antes. O motor fica ligado enquanto o cara que imagino ser o próprio Frank fuma um cigarro até o último resquício de tabaco. Abre a porta, faz alguma coisa na traseira do veículo com aquela firmeza dos homens de camisa de flanela, depois volta para a cabine. A caçamba começa a se inclinar. A lenha desaba com

"Huh?"

"Couldn't we try to come up with a good solution for the both of us? I work from home, sometimes I find it hard to concentrate. Maybe you could move the chicken coop a little farther away from my room?"

"Move the chicken coop?" She looks at me like I'm an idiot. "Have you tried earplugs?"

Emily and Jesse leave without saying goodbye, their car loaded with junk.

A flat-bed truck from the valley stops in front of the big house: Frank's Firewood. It's a nice day and I've decided to spend some time out on the porch reading about the tribe that used to live here. A rugged guy in a flannel shirt, whom I can only imagine is Frank, lets the engine idle while he smokes a cigarette down to the last shred of tobacco. He opens the door, does something at the back of the vehicle, then returns to the truck's cab. The bed begins to rise. Firewood tumbles out with a crash that sounds like an accident.

Angelica appears in front of the house. The girls come up behind her but soon scatter around the yard while she talks to the guy. They talk for a long time, Frank holding the invoice, taking his sweet time, feeling the mid-morning

um estrondo que soa como um acidente.

Angelica aparece na frente da casa. As meninas vêm atrás, mas logo se dispersam pelo jardim enquanto ela fala com o cara. Conversam durante muito tempo, Frank com a nota fiscal na mão, sem pressa, sentindo a brisa do meio da manhã. Pela linguagem corporal, sei que Angelica está flertando com ele.

"Você sabe cantar?"

Uma das meninas apareceu no meu pátio sem que eu tenha percebido. Olho ao redor e não vejo a outra. Ouço o galo. Uma vez, depois de novo.

"Cadê sua irmã?"

"Ela atravessou a rua. Jane sabe cantar."

"Quem é Jane?"

"A vizinha da frente."

"Não se mexa", eu digo, e saio pelo pátio tentando achar a menina. O caminhão começa a dar ré e eu tenho vontade de gritar. Finalmente, saindo de trás da cerca, vejo as perninhas roliças e o vestido rosa com a barra de musselina.

"Ela não sabe cantar", grita a menina para a fujona. As duas saem correndo de volta à casa grande.

Ainda que eu não tenha vindo até o meio do nada para usar tampões de ouvido, compro na internet uns especiais para canais auditivos pequenos, que acho que é o caso dos meus

breeze. From her body language, I can tell Angelica is flirting with him.

"Can you sing?"

One of the girls had snuck into my side of the yard without my noticing. I look around but don't see the other one. I hear the rooster. Once, then again.

"Where's your sister?"

"She crossed the road. Jane can sing."

"Who's Jane?"

"The neighbor across the road."

"Don't move," I say, and head into the yard of the big house to try to find the other girl. The truck starts backing up and I want to scream. Finally, I see her plump little legs and muslin-hemmed pink dress emerge from behind the fence.

"She can't sing," cries the girl to the runaway. The two of them dash off back to the big house.

Even though I didn't come out to the middle of nowhere to wear earplugs, I order a pair of special ones online for people with small ear canals, which I figure I must have, since most of me is pretty small. The earplugs are useless and I still get almost no sleep. I wish I had soft tissue to cover my eardrums. During the day, I feel like I'm constantly on pins and needles. I go into town to buy a cork board, to try to organize my life. I

canais, uma vez que sou, em geral, bem pequena. Os tampões não adiantam coisa nenhuma e eu continuo dormindo pouco. Queria ter um tecido mole que cobrisse meu tímpano. Durante o dia, pareço estar sempre sob o fio da navalha. Para tentar organizar minha vida, vou até a cidade comprar um quadro de cortiça. Vejo Angelica no caixa da papelaria. Ela está dizendo para a dona: "Há uma enorme falta de espiritualidade, você não acha?" "Sim, exatamente", responde a outra. "Uma época doente", conclui Angelica. Passo por ela. Ela finge que não me vê.

Vou até o supermercado. De noite, enquanto assisto televisão, encho minha boca de Cheetos até que todo o contorno dos lábios fique laranja cancerígeno. Repito isso até acabar o pacote. As luzes da casa grande estão acesas, primeiro as da sala de jantar, depois apenas o abajur do andar de cima, mas, perto das dez, finalmente, tudo fica escuro. Gostaria de dar pão branco e chocolate para as menininhas comerem. Cada um têm os demônios que quer. Saio da minha casa com uma lanterna e uma faca de cozinha.

Como eu desconfiava, o galo continua sozinho no galinheiro. Não há nem uma mísera galinha, nenhum ovo para o café da manhã nessa *terra tão produtiva*. Parece que está dormindo. Bato com a faca na tela para despertá-lo. Um pobre de um galo tentando procriar, 130 decibéis de solidão. Abro

see Angelica at the cash register in the stationery store. She is saying to the shopkeeper: "There's just this huge lack of spirituality, you know?" "Yeah, exactly," replies the owner. "We're living in a sick time," says Angelica. I walk past her. She pretends not to see me.

I go to the grocery store. At night, in front of the TV, I stuff my face with Cheetos until a cancerous orange ring forms around my lips. I repeat this until I finish the bag. The lights are on in the big house, first in the dining room, then just the lamp upstairs. Finally, by ten, everything goes dark. I'd like to feed the little girls Wonder Bread and chocolate. We've all got our demons. I grab a flashlight and knife and go outside.

As I suspected, the rooster is alone inside the chicken coop. There isn't a single lousy hen, no eggs for breakfast on this oh-so productive land. He looks like he's sleeping. I tap the knife against the screen to wake him. Poor rooster desperate to procreate, 130 decibels of loneliness. I open the door and he cowers in the corner. I wield the knife determined he knows what it means, and he flaps around in that cramped space, craning his copper-colored neck. I want to pull the rooster out the way I used to pluck spiders from the shower, back when I could still go inside the big house, but he isn't cooperating, so I have to hold him in my arms, my face centimeters away from

a portinha e ele se encolhe no canto. Empunho a faca com a convicção de que ele sabe o que aquilo significa, então ele sai correndo naquele espaço apertado, esticando o pescoço cor de cobre. Eu queria tirar o galo de lá como tirava as aranhas do chuveiro quando ainda podia entrar na casa grande, mas ele não obedece, de maneira que preciso pegá-lo no colo, ficando a centímetros daquele repulsivo apêndice que ele tem logo abaixo do bico, vermelho e esponjoso. Do lado de fora, solto o galo e, com uma dificuldade patética, vou empurrando-o para dentro da floresta.

Em casa, estou largando a faca e a lanterna no balcão da cozinha quando recebo uma chamada de trabalho. Atendo no terceiro toque. É madrugada em um centro de detenção do Texas. "Alô, tá me ouvindo?", alguém diz em inglês. Um brasileiro acaba de chegar.

the disgusting appendage that dangles under his beak, spongy and red. Then, with pathetic difficulty, I heft the rooster into the woods.

I drop the knife and flashlight on the kitchen counter. A work call rings on the computer. It's the middle of the night in a Texas detention center. "Hello, can you hear me?" someone asks. A Brazilian detainee had just arrived.

# Marcio Junqueira

# sábado

# saturday

Translated by
Johnny Lorenz

o cheiro doce do detergente
e a lembrança (impressa na cozinha)
de um cigarro
descobre sábados no sábado
descobre trilhas de formigas seguidas
pelo facho de sol coado pela lupa
(em) alegrias cheias de vírgula

the sweet fragrance of the detergent
and the reminder (imprinted into the kitchen)
of a cigarette
discovering saturdays in saturday
discovering ant trails followed by the sunbeam
strained by the magnifying glass
(in) joys full of commas

sábado era a espera
durante a semana
encontros fortuitos
entres as aulas
vez ou outra
voltar juntos
do assis até a casa de dona santinha
eu caminhava lento
para nunca chegar
os olhos sob os óculos
concentrados em mim
não nas
conversa dos meninos
boca das meninas
encarte de cd
jornal revista cifra

saturday was the waiting
during the week
chance encounters
between classes
now and then
returning together
from school at assis over to dona santinha's house
i'd walk slowly
to never arrive
his eyes behind his glasses
focused on me
not on
the chatter of boys
mouths of girls
a cd's liner notes
newspaper magazine guitar chords

(na frente dos garotos
éramos vagamente próximos
você gostava de música
e eu
era quem você conhecia
que mais conhecia de música
ninguém supunha
nós dois
deitados no sofá
ouvindo caetano cantando jokerman
o cheiro da sua boca
só eu sabia
a minha mãe desconfiava
a sua fingia
os garotos não
os garotos eram
lobos bobos
fumando carlton
na quadra
cheirando benzina
no banheiro
eu era todo livros
e canções e filmes e citações
brincando de casinha

(in front of the boys
we drew somewhat close
you liked music
and i
was the one you knew
who really knew music
no one imagined
the two of us
lying on the sofa
listening to caetano sing jokerman
the scent of your mouth
only i knew
my mother suspected
yours pretended
the boys no
the boys were
*lobos bobos*
dumb wolves
smoking carltons
in the courtyard
sniffing benzene
in the bathroom
i was all about books
and songs and films and quotes

longe dos garotos
você era meu amigo)

playing house
far from the boys
you were my friend)

sábado não
sábado eu gastava meu dia
inventando o dele
exercícios de caligrafia nas paredes do beco
o traço quebrado em vermelho
corações lanceados
pairando
sobre poças de sangue negro
os últimos pingos suspensos
armando círculos concêntricos
sobre a superfície
e todas as dores do mundo rondando o quarteirão
quando a luz baixava
inaugurava ardências
unhas roídas até o sabugo
oráculos nas placas dos carros
liturgias em torno ao telefone
em dias abafados
em que o suor pressagiava chuva
lançava isca
encontrei a saga da fênix
descobri um poeta foda
guardei um fino pra gente fumar
e ele vinha

saturdays no
saturdays i wasted my day
inventing his
the handwriting exercises on alley walls
the dotted red line
pierced hearts
hovering
over puddles of black blood
the last drops hanging
preparing concentric circles
over the ground
and all the anguish of the world prowling the neighborhood
when the light diminished
it ignited fervors
nails bitten to the quick
oracles on license plates
liturgies around the phone
on stifling days
when sweat was a presage of rain
i'd cast my lure
i encountered the saga of the phoenix
discovered a poet who's the shit
kept a joint just for us
and he'd come

pisando macio a superfície do mundo
limpando na camisa os óculos
e rindo amarelo lindo
sentava ao meu lado mudo
e me ouvia sobre tudo solar
como funcionam os prismas de quartzo dos relógios de cristal
as várias vidas de kiki de montparnasse
a teoria das cordas, snuff movie
marlon brandon fazendo marco antonio
sábado e sua carne difícil

stepping softly on the surface of the world
wiping his glasses with his shirt
and laughing shyly beautifully
he'd sit at my side mute
and listen to me soloing about everything
*how the quartz prisms work in crystal clocks*
the many lives of kiki de montparnasse
string theory, snuff films
marlon brando as mark antony
saturday and its difficult flesh

(eu tinha medo do silêncio
medo que um espaço em branco entre nós
rebentasse os dentes
fazendo emergir
cardumes
de palavras, expectativas
e fantasias escapistas
que eu mastigava no quarto
sozinho
aos sábados
longe dele)

(i was scared of silence
scared that a blank space between us
would shatter my teeth
bringing forth
shoals
of words, expectations
and escapist fantasies
that i'd chew on
in my room alone
on saturdays
far from him)

num sábado de dezembro
o mar invadiu a casa
ainda que não houvesse aquele ridículo ritual
ele saberia
em verdade sempre soube
ou desconfiava
depois
foram tantos sábados, terças, quintas e sextas
mergulhados num jogo perigoso
de olhares gestos ensaiados
eu avançava ele ia
eu ia ele voltava
eu fingia que ia só para ver ele vir
e vinha
ele ia
eu ficava
até que numa sexta-feira
ele finalmente se foi
ele já havia tentado ir
em outras
sextas
quartas

on a saturday in december
the sea invaded my house
even without that ridiculous ritual
he'd know
actually he'd always known
or suspected
afterward
there were so many saturdays, tuesdays, thursdays, and fridays
immersed in a dangerous game
of rehearsed looks gestures
i'd advance he'd go
i'd go he'd return
i'd pretend to go just to see him coming
and he'd come
he'd go
i'd stay
until one friday
he finally left
he'd already tried to leave
on other
fridays
wednesdays

quintas
sábados
mas acabava sempre voltando
eu também já havia tentado ir
quase sempre às segundas
que é o dia melhor da semana
para começacabar algo
mas acabava voltando também
até que numa sexta-feira
ele finalmente se foi

thursdays
saturdays
but he'd end up always returning
i'd tried to leave, too
almost always on mondays
which is the best day of the week
to beg-end something
but i'd end up returning, too
until one friday
he finally left

no dia era azul e quente
quando ele chamou no portão
eu lia deitado na sala
os poemas do brasil de elizabeth bishop
exatamente o poema final
que fala das facilidades da arte de perder
e era um desfecho tão obvio
tão clichê
que nem sequer cogitei
ele estava cansado
eu também
ele calou muitas coisas
eu também
nenhuma canção servia de trilha
tentou falar palavra
não deixei
quis me/se perdoar
não olhei para trás
medo de virar estátua de sal
e percorrer os tempos
fixado a orla do portão
olhando um menino de vermelho e cinza
atravessando a rua

that day it was blue and hot
when he called at the front gate
i was lying down in the living room reading
elizabeth bishop's poems about brazil
precisely the final poem
about the art of losing and how easy it is to master
and it was such an obvious way to end things
so cliché
i hadn't even considered it
he was tired
i was, too
he silenced many things
i did, too
no song would serve as the soundtrack
he tried to say some word
i didn't let him
he wanted to forgive me / himself
i didn't look back
afraid to turn into a pillar of salt
and pass through the ages
frozen at the shoreline of my front gate
watching a boy in red and gray
crossing the street

depois
nada
dias amnióticos
branco sobre branco

afterward
nothing
amniotic days
white on white

passei muito tempo assim.

i spent a lot of time like that.

# Raimundo Neto

# A tia de Lalinha

# Lalinha's Auntie

Translated by
Adrian Minckley

A CRIANÇA LIA APRESSADA E DISTRAÍDA, GOTAS DE SERI-
guela mordiscada despejadas pelas folhas já todas maduras do
caderno, manchavam o nome da tia.

– Vumbora, ô, garota, tu ainda não terminou, não?

A menina resmungava alegria, boricotava o lápis-borracha
no caderno, lambia os dedos da outra mão sumarenta de doçura
laranjada só na cor. Quem te deu seriguela? Foi a vó, subiu no pé,
catou um monte dessa ruma—e abria os braços, a menina, até
estalar as juntas dos seis anos de braços. Afastaram-se da casa.

– A gente precisa ir, Lalinha!

*Tá bom!* Apressou a infância, fechou as folhas meladas em
si e caminhou para a mão estendida da tia.

No caminho, o corpinho arranjado no uniforme passadinho
dobradinho trançadinho num guarda-roupa cheirando a doze
prestações e juros. Seguia a mão da tia, muitas veias cami-
nhando nas mãos, os braços temperados de sol e o suor na voz
explicando e desdizendo tudo que a criança havia dito que
não sabia.

THE GIRL READ QUICK AND DISTRACTED, AND DROPS OF nibbled mango—tossed aside by the notebook's already fully ripened foliage—blotted out Auntie's name.

*Let's go, oh, little girl, you still haven't finished yet?*

The girl grumbled happy, tiptapping the pencil's eraser on the notebook, and licked the fingers of her other hand, juicy from a sweetness orange only in color. *Who gave you mango? It was Granny, she stood up in the tree and grabbed a pile this big—* and she opened her arms, the girl, until all six years of her arm joints snapped. They left the house.

*We gotta get a move on, Lalinha!*

*Alright!* Shooing her childhood along, she clutched the honeyed papers to her chest and walked toward Auntie's extended hand.

Along the way—her tiny body all fixed up in the uniform she ironed, folded, and heaped in an armoire smelling of twelve monthly payments plus interest—she followed Auntie's hand, the prominent veins traveling her skin up her sun-seasoned

– Venha não que tu sabe, sim, respondeu tudo certinho ontem.

– Eu dormi e esqueci tudo, tia!

– Deixa de conversa besta, ô garota!

O caminho era mesmo o destoar do centro da cidade de sempre. Uma padaria, uma farmácia, o comércio de pinga-cervejachurrasquinho, uma loja de móveis novos, uma loja de móveis velhos, uma loja de móveis seminovos, a parada de ônibus, um sobe-e-desce, mais-um-sobe-e-desce, os homens e os golpes no olhar encerrando uma faca no pescoço da tia e reclamando Tá pensando que é mulher, vai fazer o quê com essa menina, vem catitinha com o titio, gostosinha assim tem que aprender cedo, e a bíblia estampada num cartaz imenso e muitas datas para milagres acontecerem. Os pés da criança e da tia de mãos dadas, apressados não dava para ser, e outra far-mácia, uma padaria, um bar e os gritos roucos e bêbados, outra loja de móveis em oferta, mais sobe-e-desce, e uma igreja, outra igreja, outra igreja. Haja salvação, a tia diz apertando o calor das mãos da criança, e continuam, longe da casa.

– Tia, se eu chegar atrasada, eita!

– Vai chegar atrasada não, Lalinha.

– Tia...

– Diz, ô garota!

– Aqueles homens ontem te chamaram de quê?

arms, and the sweat in her voice explaining and reproving everything the girl had said she didn't know.

*Don't start with that 'cuz you do know it, you got 'em all right yesterday.*

*I fell asleep and forgot it all, Auntie!*

*You think you're so funny, little girl!*

Their route was the same downtown disharmony as always. A bakery, a pharmacy, the hustle and bustle of vodkabeerfrenchfries, a new furniture store, a used furniture store, a gently used furniture store, the bus stop, the girl going up-and-down, up-and-down again, and the men with their stares driving daggers into Auntie's neck grumbling *You think you're some kinda lady, what you gonna do with that girl, come over here with uncle, sweetie, sexy little thing, gotta start you early,* and the bible printed big on a poster with lots of dates for miracles to happen. The child's feet and Auntie's, holding hands, no way to make it go faster, and another pharmacy, a bakery, a bar and croaking drunken shouts, another used furniture store, more ups-and-downs, and a church, another church, another church. *Lord save us,* Auntie said, squeezing the heat from the child's hands, and they kept on moving, far from home.

*Auntie, if I'm late—uh oh!*

*You won't be late, Lalinha.*

*Auntie...*

– De nada. Tá ouvindo muita coisa que não presta, Lalinha.

À tarde, um girassol de pernas abertas e brechas soltinhas, cabelos curtos esvoaçantes, na cabeça da criança. Lalinha ria se pensava na imagem, e ria mais ainda ao ouvir a tia rir contando para a velha da casa de quando trabalhava na Esquina, e fica doida de raiva, espumando no corpo todo, quando a tia conta que tenho vontade de esganar o escroto do meu chefe, que só me chama de Antônio.

Mas teu nome é Cristina, tia.

E num é, Lalinha?!

Lalinha sentindo o toque vibrato da tia, a voz macia da mulher que não renunciava cuidados, servia o leite na xícara sem estruir uma calda de nata e espuma, servia café na proporção da cor entre chocolate e terra madura, penteava interessada os volumes dos cachos da criança cansada de piolho e às vezes chiclete. Lalinha sentindo, ininterrupta, os deslocamentos do corpo da tia, do zero ao mil, como ela dizia, de ninguém para além, como ela chorava, tudo no toque, na camada de cuidado da pele da tia que encontrava a pele da criança para dizer Não deixa ninguém chegar aqui, aqui, aqui, aqui, o dedo quase longe apontando as frutas na menina que em si já foram feridas e passado que quase apodrece, que em si eram agora tensão roxa e carne morta.

A mochila da Lalinha com zíper travado na metade do

*Spit it out, girl!*

*What'd those men call you yesterday?*

*Nothing. You hear a lot that's not worth your time, Lalinha.*

Noontime, a sunflower, its legs lazing open to air itself shamelessly, and the short hair on the girl's head flying. Lalinha giggled thinking about it; she giggled even harder whenever she overheard Auntie telling the old lady stories from when she'd worked on the Corner, and she saw red, fumed, whenever Auntie started in with *I just want to wring my idiot boss's neck, always calling me Antônio.*

*But your name's Cristina, Auntie.*

*It is, isn't it, Lalinha?!*

Lalinha feeling Auntie's vibrato sound, the soft voice of the woman who never forewent a precaution, who always served the milk in the mug without toppling its foamy peaks and valleys, who made coffee the perfect color between chocolate and ripe soil, the woman who attentively combed the cascading curls of that girl who had grown tired of lice and, sometimes, chewing gum. Lalinha feeling the continuous shifts in Auntie's body, *from zero to sixty*, as she would say, *from no one to just someone else*, as she would sometimes sob, all in the touch, in the layer of care when Auntie's skin would meet the girl's to say *Don't let anyone go here, here, here, here*, the finger pointing almost from a distance at the girl's fruits that in Auntie had already become wounds and

percurso, dentro lápis de cor de desenhos pela metade (Não tem tua mãe aí nessa casa, não, menina?, e Lalinha mostrava a tia e a avó, e essa avó não tem nome não, menina? Tem, sim, o nome dela, só pra você saber, é avó!), pesada um pouco, e a tia segurava o castanho lavado da mochila nas costas. Tu fez a lição, né, Lalinha? A menina sacolejava a cabeça olhando para o céu olhando para os pés e só ria depois que a tia terminava de dizer Desse jeito tu vai quebrar teu pescoço. Abria os dentes, desabrochava a garganta para pensar a ponta da língua empurrando um dentinho mole, cai-não-cai.

Depois um ônibus, faltou pouco para passar acelerado, as pulseiras da tia tintilicando quebradas, quando a mochila da Lalinha escorrega e rompe a importância frágil dos badulaques. Elas sobem, antes de atravessar a catraca, os homens olham aproximados para dentro do corpo da tia, Lalinha agarra a raiva bisbilhotada, afivela uma cordinha avermelhada, bruta e legítima, que segura a calça jeans e encara um dos homens, e da voz mais alta e montanha, soletra É minha tia, seu bosta.

*Ô, garota, tá doida, cala a boca*, segura o riso e um pouco mais a raiva na mão, a tia, que segura a mão da criança, Lalinha. Sentam fantásticas sabendo que nenhum atraso é capaz de detê-las depois daquilo. Lalinha entrelaçada à tia e o calor, o suor, as roupas folgadas na fome que deixou sentir

an almost-rotting past, that in Auntie were now purple tension and dead flesh.

Lalinha's backpack with the zipper stuck halfway down its track and halved colored pencils inside (*You don't have a mama living here, little girl?* and Lalinha motioning to her auntie and her granny, *And your granny doesn't have a name little girl? Oh yes she does, and just 'cuz you're so curious, it's Granny!*), a little too heavy, and Auntie shouldering the fading brown shape instead. *You did your homework, right Lalinha?* The girl shook her head, looking at the sky, looking at her feet, and only laughed after Auntie was done saying *You're going to break your neck doing all that.* She widened her jaw, her throat blooming open with thought, and tongued a loose tooth, weeble-wobble.

Then, a bus, didn't take much for it to go by fast, Auntie's bracelets' broken jingle-jangle when Lalinha's backpack slipped and ruptured the baubles' fragile importance. They crested the hill before passing through the turnstile, and the men peered inside Auntie's body from up close; Lalinha grabbed hold of her gossiped rage, fastened the good rope, coarse and reddened, that held up her jeans, turned to one of them, and from her higher, mountain voice spelled out *She's my auntie, you dumbass.*

*Hey, what are you nuts, better shut that kid up.* She held in her smile, Auntie, and her rage a little tighter in her hand, still holding the girl's hand, Lalinha's. They felt amazing, convinced no

depois que a tia foi morar com a mulher mais velha, a avó.

O ônibus solavancava a parada, despejando a mulher e a menina. Uma voz ensaiou a assinatura de um berro dentro dos ódios todos dentro do ônibus: e pensa que é mulher um diabo desses.

A menina desce-e-sobe o caminho pensando na fome que não a mordeu mais. A tia sente que os caminhos estão um pouco mais abertos, além da esquina. Tenho medo, ressoa a fala como um chute; ela lembra dos chutes.

A tia continuava fugindo da Esquina, dos Homens que Rezam, dos Carros Armados de Atropelos. Segurou mais forte a alça da mochila de Lalinha, a mão no corpo de Lalinha, as rezinhas da menina toda noite depois da novela e do arroto quebrado de boa noite.

– Chegamos, Lalinha!

– Ufa, tia, pensei que...

– Pensou errado. Já disse que a gente vai continuar chegando na hora certinha!

Entregou o pouco peso à menina, que saiu pressa disparada para dentro da escola, tchau, querida, não precisa me esperar não, volta mais tarde, e a fala misturando-se aos risinhos enfeitados das outras crianças: A tua tia é engraçada, e a Lalinha calabocamané.

A tia respira, alívio, coragem, depois de todos os homens

delay could hold them back after that, Lalinha intertwined with her auntie, their warmth, their sweat, their clothes still loose from the hunger they'd stopped feeling ever since Auntie had gone to live at the old lady's house, Granny's.

The bus jerked at the stop, dispensing the woman and the girl, and a voice rehearsed a shouted send-off from inside all the hatreds packed into the bus: *That thing's not a woman.*

The girl went up-and-down along the way, thinking about the hunger that didn't bite anymore. To Auntie, it seemed the road ahead was opening up to somewhere beyond the Corner. *I'm scared.* The phrase rung out like a kick; she remembered getting kicked.

Auntie, still fleeing the Corner, the Men that Pray, the Armored Cars that Crush, gripped Lalinha's backpack strap tighter, her hand on Lalinha's body, the girl's nightly after-TV prayers, and the evening's broken belch.

*We made it, Lalinha!*

*Jeez, Auntie, I thought we'd…*

*Well you thought wrong. Didn't I tell you we're gonna keep getting here on time?*

She delivered the small weight to the girl, who shot off quick toward the school, *bye now, don't wait up, you can come back later*, and her speech mixing in with the other kids' ornamental smiles: *Your auntie's funny*, and Lalinha: *ohshutup*.

que passam para além dos olhares da esquina, como se seus caminhos não pudessem mais ser fechados.

A tia espera. Todo dia. Espera a aula acabar, a Lalinha rir e a casa chegar até elas.

Auntie breathed—relief, courage—in the wake of all the men that did more than steal glances on the Corner, as if their paths forward could never be cut off.

And Auntie waited. All day. She waited for class to end, for Lalinha to laugh, and for the house to rise up to meet them.

# Raimundo Neto

# A noiva

# The
# Harvest
# Bride

Translated by
Adrian Minckley

OLHAVA PARA TODOS OS LADOS, A CABEÇA RÁPIDA, E AS crianças algazarrando os detalhes das roupas e os caprichos dos gritos.

Da mãe, esperava as roupas costuradas com linhas coloridas e carinhos destoantes do humor do pai, antes desse desaparecer: vai pegar as menininhas e fazer o quê? Nada, pai, eu sou criança, dizia escondido na mãe, a cabeça chovendo vergonha dentro da saia, o calor e o cheiro de feijão e carne agarrados ao corpo da mulher que dizia é diferente e é igual, filho.

Na escola, olhava para as crianças que não seguiam ordens da professora, não todas: um atrás do outro, ouçam a música, quando a música gritar e eu bater palmas, vocês se dividem em duas filas, meninas para um lado e meninos para o outro, batendo palma, anarriê, em seus lugares.

Observava a atenção, a sua, catar miudezas dos corpinhos que vestiam saias e aprumavam-se em vestidos, flores e fazendas representando campos: alguns são árvores que nem existem ali, apenas um deles, comprido até a ponta dos pés é imensamente

He looked around him, his head swiveling quick, and then at the children rattling the details of their outfits and their shouted whims.

From his mother, he expected clothing sewn with colored thread and a care at odds with how his father had acted, before the latter disappeared: *You go up to those little girls and do what? Nothing, Daddy, I'm a kid*, he'd say, hiding in his mother, his head leaking shame from inside the skirt, the heat and the smell of beans and meat clinging to the woman's body that would say *You're different, baby, and you're just as good.*

At school, he'd look at the kids that didn't follow the teacher's orders, at least not all of them: *Single file now, listen to the music, when the singer shouts and I clap my hands, you divide yourselves into two lines, girls on one side and boys on the other, clap your hands, places everyone!*

He observed the attention—his own—with which small details were harvested from the tiny bodies wearing skirts or preening themselves in dresses, with flowers and farmhouses

céu azul, mas branco, tão largo e impossível feito a casa de deus. É do tamanho da casa de deus, mãe. Via a curiosidade afinar os olhos e ver a fila de meninos e meninas socando os pés calçados no chão, a poeira levantando vermelha, as palmas transformando-se em ninho que acolhe a mão vizinha, a próxima, e a próxima, e a próxima, menino com menina, menino com menina, menino com menino (um errinho que fosse—menino com menino—e era grito chiado e porrada Esse aí é baitola!), até que os olhos do menino cansaram e fecharam a porta.

*Mãe, eu não vou ficar nas filas não!*

*E vai ficar onde, criatura?*

Viu um pensamento se formar nos modos da mãe, veio de lá o pensamento, da pele onde morava as horas mais valentes do sol, os dias em que a mãe enraizava-se no quintal da casa ferindo a terra, aguando o nascer do milho (e quando ele mastigava o almoço, dizia É a mãe). O pensamento veio das mãos da mulher que ria sem tornar a boca um erro extraordinário, descontornadas de cores, apenas uns traços borrados de tanto dizer Para, homem, não faz assim que dói. O pensamento veio dos cabelos maternos imitando os formatos do pai, o seu, o brilho dos cabelos restritos à altura das orelhas (Não cresce mais, mãe?), o pensamento nasceu nas alturas do corpo da mãe que imitavam os morros onde viviam as árvores e o calor e não paravam de sacodir suas folhas secas barulhentas, o corpo

symbolizing country life: *Some have trees they don't even have out here, but there's one dress, long, down to the feet, it's blue-sky-big, but white, huge, and impossible like God's house. It's the size of God's house, Mama.* He noticed the curiosity that sharpened his eyes at seeing the line of boys and the other of girls, everyone stomping their shoed feet against the ground, the dust rising up red, the palms forming a nest and welcoming the hand nearby, and then the next, and the next, and the next, boy's hand in girl's, boy's in girl's, boy's in boy's (just a little mistake—boy's hand in boy's— then it was all squawking shouts and punching and *Hey cream puff!*), until the boy's eyes grew tired and he closed the door.

*I'm not getting in either of those lines, Mama, no way!*

*Where you gonna go instead, little monster?*

In his mother's mannerisms he watched an idea begin to take shape; it came from there, from the skin where the sun's bravest hours dwelled, from the days when his mother used to root herself in the yard, gouging the earth, watering the birthing corn (and when he chewed his lunch, he'd say *It's Mama*). The thought came from the hands of that woman who laughed without making her mouth an extraordinary error, a mouth undefined in color, little more than a couple lines blurred from repeating too often *Stop, babe, it hurts when you do it like that.* The thought arose from his mother's hairs imitating the shape of his father's, the shining strands restricted to ears-length (*It*

149

da mãe; surgiu nos giros dos braços e das mãos circulando a mesa da cozinha, adestrando o fogo que mastigava o cozinhar da fome a ser saciada nas panelas queimadas de passado: eu quero ser a noiva, mãe.

Ela, a mãe, a sua, interrompeu a dúvida que cresceu no nascimento no filho. Interrompeu a agonia carregada até ali, atrás dos olhos, coisa que ela só vê quando abre os sonhos assim que deitava e o marido enfiava-lhe a bruteza pedrada na boca e quase dizia Sonhar pra quê, mulher? Os olhos tocaram o filho com os sonhos que morreram, com mãos delicadas que ela sabia que não tinha, e nem queria. Sentiu a casa girar dentro de si, as paredes arrochando-se numa queda, pensou em gaiola, visgo, armadilha, passarinho morto, prato vazio, pensou no corpo do marido torrado de carvão e terra quente, e viu o filho chafurdar as gavetas da máquina de costurar que era do passado de sua mãe, a sua, avó do menino, que tinha nas pernas o jeito lento e serpeteante de ser outro.

Quer ser outro, disse a mãe. Estalando os olhos, a casa dos sonhos que morreram.

Ela vai até o filho, espera. Procura as linhas combinantes, pares de rolos e agulhas. Na máquina não vai dar certo, melhor usar as mãos, enxergando os caminhos do que receberá a criança, menino, não sei. Vasculha o passado, ouve as janelas soarem velhas ao não se deixarem abraçar pelo vento e pelos

150

*won't get any longer, Mama?*), the thought piqued by the elevation of his mother's body, so much like the hills where trees and heat lived, and where they never stopped shaking their dry, noisy leaves, his mother's body; it arose in the motion of her arms and her hands circulating the kitchen table, training the fire that chewed the bubbling hunger, soon to be sated by the past's burnt pans: *I want to be the bride of the harvest dance, Mama.*

She, his mother, interrupted the apprehension that had been growing ever since the birth of her son. Interrupted the agony she'd carried behind her eyes up to that point, something she'd only seen when her dreams had opened up, the minute she'd laid down, her husband shoving his stoned brutality in her mouth as if saying *What's the point in dreaming, babe?* Her eyes caressed her son with dreams long dead, with those delicate hands she knew she didn't have and didn't want. She felt the house spin around inside her, the walls slamming shut in freefall; she thought of cages, birdlime, traps, dead birds, and empty plates; she thought of her husband's body charred by coal and hot earth; and she saw her son sloshing around in the drawers of the sewing machine that belonged to motherhoods past, her mother's, the boy's grandmother, who possessed in her legs the slow and serpentine manner of being someone else.

*You want to be someone else*, the mother said. Snapping her eyes, the house of dead dreams.

gritos de olha o gás, olha o pão quentinho, é hoje a apresentação das crianças, anarriê. Lembrou-se da história das mulheres antes dela, a mãe que casou e pariu outra mãe, que pariu outra mãe, que pariu outra mãe, e mais uma, uma casa dentro de outra casa, mais uma casa e outra casa, até ela, a mãe do menino. Menino? Não sei. Algumas lembranças desprenderam-se dos sonhos mortos, fantasmas encorajados, e visitaram as minúcias dos gestos de pinçar a agulha e a alegria na cozinha, e o lamento na roça e o prazer nos filhos. Vou costurar um igualzinho, filho. Filho?, não sei. Recordou de cada trançado de renda e ponto cruz, as ombreiras largas, bufantes, pareciam uma vaca feliz no parto, bu-fan-tes, e ouvia o vestido crescer e o passado rumorejar de medo.

Vamos, criatura de deus, veste logo isso, ela disse assim, pois a criança não parava quieta as mãos tremendo e Mãe, deixa eu ver, deixa eu pegar, posso ajudar, ali tá maior, mãe, tem linha sobrando, mãe, vai ficar bem branquinho, branquinho, alguém vai querer dançar comigo? Terminou, mãe? Terminou? E agora, terminou? Uhm, mãe?

Vestiu-se com a mãe e os sonhos mortos atrás dos olhos.

Vestiu, e a mãe enxugando os cabelos que não cresciam para além das orelhas. Vestiu, e a mãe arrumando o penteado dos olhos curtos, rindo assustada.

E o pai, mãe? E ela quis dizer Teu pai não volta mais, criança.

She went to her son, *Wait*. Sought out the matching thread, the spools and needles. It wouldn't come out right with the machine, better to do it by hand to see the seams that would welcome the child, the boy? Who knows. She scavenged around in her past, heard the windows; they sounded old from having let their embrace be cut short by the wind, and by the shouts of *Come one come all to the children's harvest dance* and *Olha o gás, olha o pão quentinho, anarriê!* She remembered the stories of the women who had come before her, a mother who'd been married and birthed another mother, who'd birthed another mother, and another, one house inside another, another house and then one more, until her, the boy's mother. Boy? Who knows. Some memories broke loose from the dead dreams and, like emboldened ghosts, graced the minute gestures with their presence, the gripping of the needle, and the happiness in the kitchen, and the sorrow of the countryside, and the pleasure of children. *I'll make one just like it, Son.* Son? Who knows. She recalled each crocheted lace and cross-stitch, the shoulders large, puffed sleeves like a happy elephant giving birth, PUFF-ed, and heard the dress growing and the past abuzz with fear.

*Alright, you little angel demon, put this on quick.* She said it that way because the child wouldn't hold still, all hands atremble and *Mama, lemme see it, lemme touch it, can I help, it's big over here, Mama, there's extra thread there, Mama, it's going to be nice and white,*

E disse Teu pai não volta amanhã, filho. Filho?, não sei.

O menino saiu de casa pela rua da cidade que não tinha ninguém. Segurou a mão da mãe, contidos, debulhando um rosário de pedidos Que deixem o menino dançar.

Chegou à festa, as duas filas armadas de gritos e uma dança desembestada olha a cobra, a ponte caiu, ei, menino, baixa a saia dela, e tapa no ombro, anarriê, em seus lugares, e cruzando o rio invisível da curiosidade que atravessava os barulhos e berros, a criança disse fina: Eu vou ser a noiva.

E foi.

*real white, you think someone will wanna dance with me? You done, Mama? You done? How about now, you done? Huh, Mama?*

He put it on beside his mother and the dead dreams behind her eyes. He put it on—his mother drying his ear-length hair. He put it on—his mother fixing the small hairs above his small eyes and chuckling, scared.

*What about Daddy, Mama?* And she wanted to say: *Your daddy's not coming back, little one.* And instead she said: *Your daddy won't be back tomorrow, Son.* Son? Who knows.

The boy left the house, taking the city road with no one on it. He held onto his mother's hand, and both were contained, threshing a litany of requests. *Let the boy be the one who dances.*

They arrived at the festival, the two lines fortified by shouting and an unbridled contradance to the sounds of *Olha a cobra, a ponte caiu, ei, menino, baixu a saia dela, e tapa no ombro, anarriê—places everyone!* And then, fording an invisible river of curiosity that traversed the noise and shouting, the child uttered lightly: *I'm going to be the bride.*

And was.

Tatiana
Nascimento

cuíer paradiso

o amor é uma tecnologia
de guerra (cientistas
sub notificam arma-
biológica) indestrutível::

talhos

manifesta queerlombola,
ou tecnologia /
ancestral / de cura /
amor / y de / prazer:

# cuíer paradiso

## love is a war technology (scientists underreport bioweapon) that is indestructible::

## gashes

## queerlombola manifest, or ancestral / healing / love / 'n / pleasure technology:

Translated by
Natalia Affonso

# cuíer paradiso

pra mim,
o paraíso cuíer podia ser um lugar muito simples:
encostar a cabeça no meio das suas teta, ou
te receber no meio das minhas coxa

& depois ir ali na padaria contigo, tomar um suco
(laranja com banana y açaí),
passar a mão no seu cabelo (te reconheci
pelo seu "corte pre
ciso")

sem ter que usar armadura,
sem ter que antecipar resposta,
sem ter que aprender como dá murro nem
mapear o espaço antes de entrar

pra ver quem tá lá
imaginar
que ameaças eles fariam
quantos são, se eles viram

# cuíer paradiso

to me,
a cuíer paradise could be a very simple place:
laying my head betwixt your tits, or well
cumming you between my thighs

and, after, to the bakery we go, have some juice
(orange, banana, açaí),
while I finger your hair (I knew you by
your "pre
cise cut")

with no need for armor,
anticipating no answer,
no need to learn how to punch nor
map the space before entering

to see who is there
imagining
the threats they would make
how many they'd be, if they saw

a gente, nos seguiriam
("do they have GUNS!!?")

pra mim o paraíso cuíer podia ser menos burocrático que
casamento igualitário regulado pelo estado
(porque é o mesmo estado que paga
a polícia pra matar a gente,
lembra?)

podia ser menos desesperado que a paixão inteira num dia só
(calma,
amanhã eu
posso vir aqui, y
depois de amanhã a gente vê, mas quando você vier
eu vou gostar de te ver)

podiasermenosagoniadoque2oreuniõesnamesmasemana
(com palavra de ordem / questão de ordem
contra todas as ordens mas
organizando tão igual...)

podia ser menos vigiado que todomundo perguntando
se é aberto ou fechado, reafirmando no
"quem come quem?" os binarismo

us, if they would follow us
("eles tão ARMADOS!!?")

to me, a cuíer paradise could be less bureaucratic than
marriage equality regulated by the state
('cos it's the same state that pays
the police to kills us,
remember?)

it could be less desperate than all the passion in
just one day
(easy,
tomorrow I
can come here, 'n
after tomorrow we'll see, but when you come
I'll enjoy seeing you)

it could be less agonizing than twenty meetings in
the same week
(with an order / a matter of order
against all order but
organizing so similarly...)

it could be less surveilled than e-v-e-r-y-b-o-d-y

heterociscentrado, alfinetando
com "ah, mas c num sabia
que ela já teve namorado?!?"

podia ser menos tudo que dá esse cansaço,
essa desesperança, essa desconfiança
pra mim um paraíso cuíer podia ser
mais tranquilo, mais respirado
podia ser eu y você num dia ensolarado

(mesmo que daqui a pouco fosse cada uma pra um lado;
eu ia gostar. ah, e a parte do pecado, essa parte
eu ia gostar também)

eu tô tão cansada de ter que corrigir o mundo inteiro na minha
        cabeça y ele
continuar errado... de tentar resistir, responder
(sem esquecer de dançar,
de sorrir) e ver que eu vou morrer sem nada tá mudado,
mudado mesmo

pra mim o paraíso cuíer ia ser deitar um pouco
do seu lado, ver seu rosto dançando
na fumaça, a cortina res

asking if it is (non-)exclusive, reaffirming
the heterociscentric binaries by asking
"who's the top, who's the bottom?" needling
"oh, c'mon, u didn't know
she's had a boyfriend?"

it could be less of all that makes us listless,
hopeless, trustless
to me, a cuíer paradise could be
calmer, airier
it could be you + me on a sunny day

(even if in a minute we parted ways;
I'd like that. ah, and the sinful part,
that part
I'd like that too)

I'm so tired...of having to right the whole world in my head 'n
it's still wrong...of trying to resist, to respond
(not forgetting to dance, to
smile) and of foreseeing that I'll die
& nothing will be changed,
truly changed

pirando sua janela, pulmão

a céu aberto: exposto, delicado,

(y por isso mesmo que), forte.

sentir seu coração conversar com a pele do meu ouvido
    enquanto a noite vira dia

y a rua esvazia o silêncio com aqueles barulho de manhã
    levantando, pássaros celebrando, vizinho

cantando cedo, transporte público começando tarde
(afinal, é o distrito federal...); pra mim, um paraíso
cuíer é um pouco de qq coisa que me traga
~~a calma da sua~~ a coragem da sua

~~coragem.~~ calma.

to me, a cuíer paradise would be lying for a bit
next to you, watching your face dancing
in the smoke, the screen
breathing your window: wide open

lung—exposed, delicate,

(& for no other reason), strong.

feel your heart talking to my eardrum as day over-
cums nite

'n the streets empty the silence with waking
morning noises: birds celebrating, a

neighbor seasonably singing, public transport
always lateing (it's brasília)...

to me, a cuíer
paradise would be
a tad of anything that brings me
~~the calm of your~~ the courage of your

~~courage.~~ calm.

# o amor é uma tecnologia de guerra (cientistas sub notificam arma-biológica) indestrutível::

a urgência dos nossos sonhos não espera
o sono chegar: isso que a gente faz
deitada
tb chama
revolução.

sua palma, em linhas p
retas, dança calor na minha pele
(cores tortas, que somos).

isso que
aparenta um segurar-de-mãos
ousado não é declaração de posse
ou de mero par, casual que fosse, nem
só demonstração de afeto pública

# love is a war technology (scientists underreport bioweapon) that is indestructible::

the urgency of our dreams can't wait
for sleep to cum: what we make
lying down is
also
revolution.

your palm in lines of col-
our dance warm on my skin
(the dy(k)e hue we tint)

what looks
like a daring holding-hands
is not a declaration of ownership
or an ordinary couple, casual as can be, nor
just a public display of affection,

carícia brusca contra essas
tropas, brutas

(eles quase que nos
somem),

é nossa arma de guerra, "mana minha", desejada

amante,

y essa eles não vão
adulterar desativar corromper deturpar
denunciar na ONU caçar como terroristas
capitalizar sabotar (re)acionar—essa eles não podem

não sabem y nem quereriam

acionar—

essa é química
hormonal
visceral
astral
usa fonte de energia

harsh caress against
troops that distress

(they almost disappear
us);

it's our war weapon, "dear sister," desired

lover,

'n this one they ain't
adulterating deactivating corrupting derailing
reporting to the UN hunting as terrorists
capitalizing sabotaging (re)activating—this they can't,

they unknow 'n wouldn't want to

activate—

this is chemistry
hormonal
visceral
astral
this uses a renewable ("frictional")

renovável ("friccional")
é inesgotável reciclável tem

garantia

ancestral

o nome dela anda meio banal,
"afeto", "amor" (se bem que a prática tamos
reinventando...), mas ainda é nossa maior
tecnologia (y a mais vasta) en contra y
adelante a escassez dessa cruzada.

y eu não tenho

medo: cada peito como o nosso a
briga a força de mil granadas
. mesmo assim nem
se forçadas
paramos de lançar
primaveras pelos ares
(agourentos que eles cavam)

—eu acho

inexhaustible recyclable
energy source with an

ancestral

guarantee

its name has been worn out
"affection," "love" (on second thought, the
practice, we've been reinventing…), but still, it's our most important
technology ('n the vastest) *en contra y*
*adelante* the scarcity of this crusade.

'n I have no

fear: every chest like ours g
rips the power of a thousand grenades
. still, not even when
forced do we stop
flinging Springs
through the air
(they inauspiciously conjure)

—i think

que faz tempo
que sonhamos acor
dadas, que nossa paz
é barulhenta,

y que da areia dos nossos olhos insones
a noite fabrica suas pérolas (de
amor, e de outras guerras):

& elas brilham
como nós.

for a while now
we've dreamt awake
full-color our peace
is loud

'n from our sleepless sandy eyes
the night makes her pearls (of
love, and other wars):

& they shine
as we do.

# talhos

aprender a tempestade,
soltar seu peso,
secar ao sol:

rugir trovões

derramar a tempestade,
despir de peso,
pairar no sol:

cantar trovões

suceder a tempestade,
fluir seu peso,
beijar o sol:

gozar trovões

antecipar a tempestade,
ruir seu peso,

# gashes

learn the tempest,
let her weight go,
dry in the sun:

roar thunders

flood the tempest,
undress her load,
hover in the sun:

sing thunders

succeed the tempest,
flow her burden,
kiss the sun:

cum thunders

anticipate the tempest,
collapse her gravity,

lunar o sol:

cuír trovões

y pra que nada te desfaça,
se refaça, se refaça
se re-
faca.

moon the sun:

queer thunders

'n nothing shall unmake you,
re-act you, re-act you
re-
axe

# manifesta queerlombola, ou tecnologia / ancestral / de cura / amor / y de / prazer:

cola-velcro—é da diáspora
qüenda-neca—é da diáspora
morde-fronha—é da diáspora
gilete ("corta-
pros-2-lado")—é
da
diáspora

viadagem
é coisa de pretx sim

queerências
é coisa de pretx sim

sapatonice
é coisa de pretx sim

# queerlombola manifest, or ancestral / healing / love / 'n / pleasure technology:

scissoring—is diasporic
tucking—is diasporic
pillow-biting—is diasporic
gilette ("cuts-
both-ways")—is
from
the diaspora

faggotry
it is a Black thing

requeering
it is a Black thing

dyking
it is a Black thing

transex assex bissex pansex
é coisa de pretx sim

o continente que inventou o mundo
inventou tb muitos jeitos de e
star no mundo. que

"gente é pra brilhar
não pra morrer"
sem nome

transsex asex bisex pansex
it is a Black thing

the continent that made up the world
made up many ways of be-
in the world. for

*people shall shine*
*not die*
nameless.

# Photographs

# Igor
# Furtado

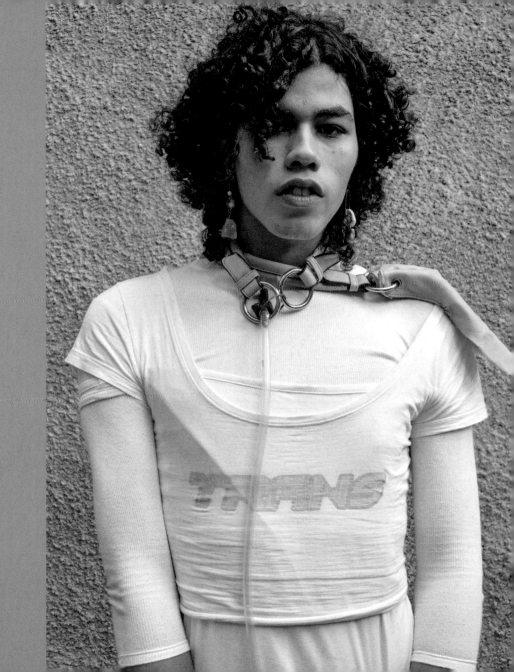

# João Gilberto Noll

# Acenos e afagos

# Hugs and Cuddles

## Translated by
## Edgar Garbelotto

Lutávamos no chão frio do corredor. Do consultório do dentista vinha o barulho incisivo da broca. E nós dois a lutar deitados, às vezes rolando pela escada da portaria abaixo. Crianças, trabalhávamos no avesso, para que as verdadeiras intenções não fossem nem sequer sugeridas. Súbito, os dois corpos pararam e ficaram ali, aguardando. Aguardando o quê? Nem nós dois sabíamos com alguma limpidez. A impossibilidade de uma intenção aberta produzia essa luta ardendo em vácuo. O guri meu colega de escola estava nesse exato minuto me prendendo. Seu corpo em cima do meu parecia tão forte que eu teria de me render. O que sentiriam os rendidos? E as consequências práticas, quais seriam? Contei de um colega cujos pêlos do pentelho—, aliás, com um futuro ruivo, começavam a nascer. Pentelho? Eu trouxe a novidade pronunciando por ignorância a última vogal como um "a". Os pêlos apareciam primeiro na região da virilha, nas laterais, portanto. Ou mais embaixo um pouco, quase no saco. Nunca ouvira falar antes desse tufo encrespado a encobrir o sexo parcialmente. Na

196

WE WERE FIGHTING ON THE COLD FLOOR IN THE HALLWAY. A sharp drilling sound was coming from the dentist's office. And the two of us, fighting on the ground, would sometimes roll down the stairs, all the way to the lobby. We were kids working surreptitiously so our true intentions could remain unnoticed. Suddenly, our two bodies stopped and lay there, waiting. Waiting for what? Neither of us knew for sure. The improbability of an open invitation produced a burning struggle. The boy, my schoolmate, was locking me in his arms that very moment. His body felt so strong on top of me that I had to surrender. How was the surrendered person supposed to feel? And what were the consequences of those feelings? I told him about another schoolmate, whose promise of reddish pubes was starting to show. Pubes? I ignorantly pronounced it "pubis." The hairs appeared first on the groin. Or a little farther down, almost on the sac. My friend had never heard of this curly plumage partially covering up the sex. In my limited comprehension, these entangled threads should be the crowning

minha drástica compreensão, esses fios emaranhados deveriam coroar a escalada sexual. Coroar de algum modo que agora me fugia. O que viria depois da floração da pequena juba parecia ainda muito distante, se é que poderíamos contar com alguma outra grande novidade na genitália em botão. Acreditávamos os dois que a excitação de um corpo conheceria a plenitude com a chegada do pentelho. A luxúria adulta estava então lançada. Vivíamos padecendo no aguardo da bendita erupção. A auréola capilar, em volta do reinado genital, não emergiria apenas com a função de proteger o paraíso. A excitação preliminar vinha justamente da manipulação dessa macega, geralmente mais escura que os cabelos. Para alguns, os pêlos representavam o ápice da foda também. Tocá-los no início, para outros, seria um ato inspirador para o que se seguiria no curso do encontro. Ao atravessar o matinho cerrado, chegava-se ao centro pubiano, de onde se irradiavam os pontos mais lúcidos do deleite físico. Faltava saber agora como manusear o pentelho para se tirar partido de sua ascendência sobre a carne. E nós dois aqui no chão do corredor jurávamos, calados, inimizade sem fim. Então o guri que me esmagava desenhou o gesto de me estrangular e então enfiei a mão por entre os corpos e peguei com gana o pau dele duro. Foi o que bastou para ele retirar seu peso de cima do meu corpo ainda franzino. Soltos agora daquele enrijecido abraço, suspirávamos

of a person's sexual awakening, even if the crowning was in a way that I did not yet understand. What could possibly come after the blooming of that small mane still seemed so far in the distance, and meanwhile nothing could match the novelty of our budding genitalia. We both believed that the body's excitement would be ripe with the arrival of pubic hairs. The adulthood lust would then be launched. We lived, suffering in anticipation for the day of the blessed eruption. The capillary areola around the sovereign genitalia would emerge not only for the function of protecting paradise—the excitement came precisely from the manipulation of that bush, usually darker than a person's hair. For some, the hairs represented the zenith of a fuck. For others, touching them at the beginning would be the inspiration for what would follow during an encounter. Once one passed through the dense pubes, one reached the pubic center, from which the most lucid points of physical delight radiated. It was then necessary to know how to handle the pubic hair so we could take advantage of its power over the flesh. And the two of us there on the floor of the hallway were cursing a silent and endless struggle. Then the boy made a gesture of strangling me, and I sneaked my hand between our bodies and grabbed his hard dick. That was enough for him to move his weight off my slim body. Free now from that tight embrace, we sighed in discreet moans. The afflicting noise of the drill

em quase gemidos. O ruído aflitivo da broca não cessava. A possibilidade de sermos pilhados pelo dentista mais dramatizava o sentimento meio fosco entre o gozo e sua imediata negação. Para fugirmos do dilema, lutávamos, lutávamos sempre mais, rolávamos. Fomos abaixando nossas calças curtas e ficamos de joelhos, um de costas para o outro. Essa posição, talvez, servisse para nos camuflar um pouco diante de algum brusco olho com bom trânsito no prédio. Foi assim que lançávamos nossos ferrões de forma branca, para amaldiçoar aquelas sensações que não teríamos mais como revalidar pelo resto de nossas biografias. Nunca mais sentiríamos tanto tesão por outra matéria tão improvável quanto a nossa. Mesmo sem ainda condições de ejacular, em razão do organismo ainda verde, dessa tarde restou um deleite naufragado, deleite que nunca mais consegui atiçar. O amasso oblíquo de hoje não deveria interferir nas aulas de amanhã. Os nossos pintos se antecipavam à idade adulta, subiam como gente grande, mas ainda não chegavam à metade do tamanho de um peru maduro. Quanto à ejaculação, por enquanto esse item perdia para a força catalisadora do pentelho. Desconhecíamos a aparência do líquido que nos acompanharia pela vida toda. Sabíamos que o sexo deveria ser feito entre um homem e uma mulher e que dessa luta em meio aos lençóis se gestaria a criança, essas crianças correndo por tudo como nós. O nosso

wouldn't stop. The possibility of being caught by the dentist made the foggy feeling I had even more dramatic. A feeling somewhere between enjoyment and its immediate denial. To escape the dilemma, we fought, we kept fighting, we kept rolling on the floor. We pulled down our shorts and stood on our knees, back to back. Perhaps that position could help us to camouflage ourselves a little from any curious eyes in the building. That was how we projected our pistols, to forbid those sensations we would never be able to reconcile for the rest of our lives. We would never again feel so horny so unexpectedly. Although I was not grown enough to ejaculate because of my immature organism, a sunken delight remained in me from that afternoon onward. A delight that I would never be able to produce again. Our oblique embrace today should not interfere in tomorrow's lessons. Our dicks were ahead of our maturity; they grew like people do, but they were still not half as big as a full-grown cock. As for ejaculation, for the time being, it would be neglected in favor of the pubic hair's unstoppable, catalyzing force. We didn't know yet the appearance of the fluid that would accompany us for the rest of our lives. We knew that sex should be between a man and a woman and that from the struggle among the sheets children were born, children who would run around like us. Our bellicose embrace had been an event that could only be experienced

abraço belicoso fora uma situação que só poderia ter sido vivida porque se desgarrara da história principal. O vento acabou varrendo-a para o lixo. Éramos moleques que se reinventavam a cada sinal da puberdade. Meu pai me dera um livro sobre as coisas do sexo, cujo autor, João Mohana, pontificava como padreco que era. Nunca punhetei tanto quanto durante a leitura desse manual. Várias páginas manchadas pelos jatos de minha grande novidade da época—, sim, o sêmen. O fato de se estar ali, de pinto duro, não poderia ter sido previsto, mas agora acontecia, e ninguém se dava conta se era um disparate ou simplesmente uma iniciação ao transe. Comparávamos nossos cacetes: eu com uma glande ainda renitente para sair do ninho do prepúcio, e o meu colega exibindo um pau com a glande liberta do prepúcio, glande orgulhosa em tons de rosa e roxo. Contávamos com a ameaça de o dentista abrir a porta a qualquer momento e nos flagrar no árduo impasse carnal. O perigo constituía-se num ingrediente tentador a mais para um novo arranque do erotismo, naquela dispersão erógena da infância. Tudo doía, pois não havia gozo que pudesse persistir só para si mesmo, sem transbordar em alguma instância aflita. Parecíamos mais uma vez dispostos para a briga. Naquele ponto eu já sabia: a animosidade seria abastecida de novo pela atração. E o meu amigo sabia, ou era bronco de pele? Embora investido de seu corpo tanto quanto eu, sua ficha talvez ainda

because it had strayed from the main story of our lives. With time, the wind would sweep it into the trash. We were wild kids reinventing ourselves at every sign of puberty. My father had given me a book about sexuality, whose author, João Mohana, pontificated like the actual priest he was. I never jerked off so much as I did while reading this manual. Several pages were smeared by the jets of my new great discovery at the time —yes, semen. The fact that we were there with our hard-ons could not have been foreseen, but it was happening now, and neither of us knew whether it was nonsense or an initiation to ecstasy. We compared our penises: mine with a still-reluctant tip eager to get out of the foreskin's nest, and my friend showing off his proud tip in shades of pink and purple, entirely free from the foreskin. We were afraid the dentist would open his door at any moment and catch us in our arduous carnal impasse. The danger was a tempting ingredient for a new burst of eroticism in that erogenous dispersion of childhood we were experiencing. Everything ached, for there was no pleasure that existed as itself, only pleasure that leaked into some other painful experience of our lives, overflowing like a poison. We seemed to be ready to fight again. At that point I already knew animosity would be fueled by attraction. And my friend knew, too, or was he a dullard? As much as I had taken in his body, perhaps he still didn't realize that our tumid

não caíra para o fato de que aquele abraço túmido era prazer e que a partir dali não nos cansaríamos mais de repeti-lo. Vício. Não nos perdoávamos justamente em razão do pendor que cada um sentia pelo outro. O lusco-fusco do corredor mostrava-se cúmplice daquilo que queríamos desbravar e matar ao mesmo tempo. A permissividade evocada pela penumbra, no entanto, não bastava para pôr fim à nossa difusa desavença. Tanto nos esfregávamos brigando que nossos corpos ficavam aqui e ali bem rubros, unhados até. Em certos pontos do meu corpo apareciam profundos arranhões—, um deles até tirava sangue. Parecíamos répteis serpenteando, deitados de lado, agora frente a frente. Onde o corpo de um recuava, o do outro avançava. De repente, aflito, trêmulo, o guri me trouxe o cu para perto da minha boca. O cu cheirava, um cheiro de intimidade abusiva, mas não havia como desdenhar essa intimidade, pois era justamente ali que eu viajava inebriado no mais secreto dele, sem nada pedir ou oferecer, sem nada pensar. Eu solenemente escondia dele o meu envolvimento com seu cu. Era justamente ali que a vontade de se misturar mais me tomava. Cheguei bem perto e lambi. Ele estremeceu. Aquilo que ele pretenderia com certeza esconder da higiene adulta, aquilo era uma espécie de sagração da inconveniência, um verdadeiro ópio aos aspirantes do gozo. Vinha-me então esse gosto condenado na boca, gerando mais e mais excitação, o

embrace was in fact pleasure, and we would never tire of repeating it from that moment forward. Addiction. We could not forgive ourselves for the intensity we were feeling for each other. The chiaroscuro in the hallway was an accomplice to what we wanted to explore and suppress at the same time. The permissiveness evoked by the penumbra, however, was not enough to put an end to our diffuse argument. We were rubbing each other so much that our bodies became bruised and scratched here and there. Certain parts of my body were even bleeding. We looked like reptiles, winding around each other, lying on our sides, now face-to-face. Where the body of one receded, the body of the other advanced. Suddenly, distressed, trembling, the boy brought his ass close to my mouth. His ass gave off a scent of taunting intimacy. I couldn't reject that intimacy, and it was there that I traveled, intoxicated, to the most secret part of him, without asking or offering anything, without thinking. I tried to quiet my fascination with his ass. That's where my urge to become one with him overpowered me. I got close to his ass and licked it. He shuddered. The place he meant to hide from hygiene was a secret treasure, an opium to the seekers of pleasure. That forbidden taste came to my mouth, exciting me more and more to the point where I entered a trance. I would rather have had my face there, on the boy's ass, than on the notebooks of my daily homework. We swore we

transe até. Preferia estar ali, com o cu do menino na cara, a estar com minha fuça esterilizada pelos cadernos do dever diário. Juramos não contar essa tarde a ninguém. Nunca. Nós a enterraríamos um pouco em cada um e, quando estivéssemos crescidos, a imagem da luta no chão frio já estaria esfarelada, sem que soubéssemos reaver os fragmentos. E nos fizemos de túmulo, para enterrar de vez o brinquedo que cada um criara no corpo do colega. Corri para a rua abandonando o garoto com seu cheiro de entranhas. Esse menino sempre dizia que quando crescesse seria engenheiro. Eu não falava nada. Encostei-me tantos anos depois num poste, para fumar mais um cigarro ao fim de um dia puxado na minha vida de massagista, lá pelos idos de minha alta adolescência. Precisava trabalhar, meu pai passava por sérias dificuldades. A memória do garoto que me confiara seu território mais secreto ocorreu-me do aceno de uma imagem quase invisível, durante a última massagem do dia. Era verão, e, ganhando um pouco de refresco do ventilador ruidoso, toquei no novo corpo que se apresentava às minhas mãos. Era de um homem, e aquele homem, eu não sabia a razão, me reintroduzia na luta teatral no escuro do corredor, havia alguns bons anos. Sim, seus traços eram impressionantes. De fato, lembravam o guri... Perguntei-me se a pele não vinha justamente dos poros do amigo que planejava na infância ser um engenheiro, próximo e distante. Aquele

would not tell anyone about this afternoon. Never. We would bury it inside of us, each day a little more, until we were adults, when the image of the fight on the cold ground would be so crumbled we'd never be able to fully recollect the pieces. We would become a tomb in order to bury the toy we had created in each other's bodies. I ran into the street, leaving the boy and the scent of his insides behind. The boy used to say he'd be an engineer when he grew up. I wouldn't say anything. Many years later, back when I was a teenager, I leaned against a lamp-post to smoke a cigarette at the end of a long day of my life as a masseur. I had to work, my father was going through serious difficulties. The memory of the boy who had offered me his most secret territory came back to me. It happened because I caught a glimpse of a nearly invisible image during the last massage of the day. It was summer; the breeze coming from a noisy fan brought me some relief, and I touched the new client's body, taking it into my hands. The body was a man's, and that man, I didn't know why, reintroduced me to the theatrical fight in the dark hall of so many years before. Yes, his features were impressive. In fact, they reminded me of the boy... I asked myself if his skin was the same as my friend's, the friend who wanted to be an engineer. That body in my hands reminded me of the intestine prose of the dark corridor, the corridor echoing the rustling noise of the dentist's drill. Poetry was coming

corpo entregue às minhas mãos lembrava a prosa intestina do corredor escuro. Aquele corredor acolhendo o ruído arrepiante da broca do dentista. A poesia vinha do silêncio mascado que o meu cliente de massagem me dedicava... De repente ele pediu licença, tirou o chiclete da boca, pediu um cinzeiro para depositar a goma, e a partir daí ele veio a sugerir mais do que nunca o ninho penumbroso dos meus tempos de menino. Tudo poderia estar imerso em seu silêncio, tudo, até alguma pane em sua identidade. Tudo poderia estar imerso em seu silêncio, sim, até a perturbação que minhas mãos produziam em sua pele. Uma confissão queria sair de ambos, mas não sentia a força de passar da boca atrás de um norte, para então sumir de nosso alcance. Curvei-me e o corpo disse é aqui que dói. Como?, indaguei... E ele pôs minha mão em sua nuca, olhando-me meio súplice. Um pouco de mim se esvaía de cansaço. Fui fumar um cigarro no café da esquina. Minha mãe entrava no bar a me chamar para o velório da prima Cida, que enfim se fora com a misteriosa doença que a todos abateu. A prima Cida estava toda de branco no esquife. Eu a olhei um pouco, como faz todo mundo ao chegar a um velório. Sua mãe passara esmalte rosa na menina. É quando tentamos extrair da pele amarelada do defunto a autonomia antiga de sua fisionomia e expressões. A mãe da morta, a irmã mais velha de meu pai. Olhei essa tia. Parecia proclamar surdamente que a força vinha dela, a mãe da

from the chewed silence my massage client dictated to me...
He suddenly excused himself, took the gum out of his mouth,
asked for an ashtray in which to deposit the gum, and from
then on, he reminded me more than ever of the dark nest of my
boyhood. Everything could be immersed in his silence, every-
thing, even a disguised identity. Everything could be
immersed in his silence, yes, even the disturbance my hands
were causing on his skin. A confession wanted to come out of
us both, but it didn't have the force to pass through our
mouths, so it faded out of our reach. I bent over him and his
body said: here's where it hurts. Where? I asked and he put my
hand on the back of his neck, turning to me with supplicating
eyes. A little bit of me evanesced from tiredness. I went to have
a cigarette at the corner bar. My mother came into the bar to
call me to my cousin Cida's wake. Cida fell victim to a mysteri-
ous illness that was striking everyone. She was dressed in
white in the coffin. I looked at her a little, as everyone does
when arriving at a wake. Her mother had painted her nails
with pink enamel, we try to extract the autonomy that once
existed in the deceased's physiognomy and expressions from
the now-yellow skin. The mother of the dead was my father's
older sister. I looked at my aunt. She seemed to quietly pro-
claim that a force came from her, the mother of the dead, the
mother of each of us, the mother of all, and her dead daughter

morta, a mãe de cada um, a mãe de todos. E que a filha não levaria junto a paixão materna das noites mal-dormidas, em vigília à agonizante. A mulher não lacrimejava. Minha prima agora morta sorria para mim da porta da casa de bonecas nos fundos do quintal. Não tinha mais de 11 anos e já com muita maquiagem da mãe. O vestido transparente de minha tia deixava à mostra uns peitinhos que eu diria já intumescidos diante de meu agito em vésperas da puberdade. Ela me levava sempre para a casa de bonecas nos fundos do quintal. Na época eu só pensava em foder, mesmo que até ali não tivesse enfiado meu pinto duro por buraco algum. Pela idade, ainda não me era facultado ejacular. No máximo um lubrificante saindo ralinho pelo meu grato pinto. Naquele tempo, já desconfiava de que seria um adulto famélico por sexo. Sentava no chão da casinha de bonecas, a priminha de pé levantava a saia, afastava a calcinha, eu passava o dedo por aqueles laivos de delícias. Metia o dedo um pouquinho mais. Ela gemia então, fremia, e encharcava meu dedo em riste em seus precoces fluidos vaginais. Eu estava ali com meu pequeno pau túrgido, mas ainda sem condições de lançar sêmen e gerar. Estávamos no mais completo escuro. Eu levantava e botava a mão dela em meu pau em flor. Preferia o pau do Raul, um amiguinho meu, pois era circuncidado—, ele o exibia diante do mictório de aço da escola, como se o corte da sobra de prepúcio já lhe emprestasse

would not take away her maternal passion, from the sleepless nights she spent in vigil to the agonizing. She didn't cry. My now-dead cousin smiled at me from the door of the dollhouse at the far end of the yard. She was not even eleven years old and already wore lots of her mother's makeup. My cousin's transparent gown showed her little tits. My excitement on the eve of puberty imagined them hard. She always took me to the dollhouse. At the time, I only thought about fucking, even though I hadn't stuck my hard dick in any holes yet. Too young, I still couldn't ejaculate. At most, only a washy lubricant would come out of my eager dick. At that time, I already suspected that I would be hungry for sex as an adult. I sat on the floor of the dollhouse, my little cousin, standing, raised her skirt, took off her panties, and I ran my finger along those spots of delights. I put my finger in a little bit more. She moaned, fidgeted, and doused my warning finger with her early vaginal fluids. I was there with my little turgid cock, though still unable to release semen and fertilize. We were in the most complete darkness. I stood up and put her hand on my dick in bloom. Raul was a little friend of mine and I preferred his cock over mine, for he was circumcised—he showed it off in the steel urinal at school, as if the cut of his foreskin had already imprinted him with an adult, full-grown superior mark. The tip of his dick seemed like the tip of a weapon about to fire its

um desígnio adulto, completo, superior. Sua glande parecia a ponta de uma arma prestes a mandar o projétil eletrizante, enviado aos destinatários merecedores da pujança. Mas eu e o outro amiguinho continuávamos no corredor escuro, onde a broca do dentista arrepiava. Quando a sessão de estremecimentos vários terminava na casa de bonecas, eu ia ao quintal para aplacar um pouco tanta sanha carnal. O sol dourado da hora querendo iniciar seu declínio encorajava-me de modo intransitivo, pois no instante eu não tinha missão solar nenhuma a reter ou propagar. Aquela cor do ar me inspirava sem objeto nem nada. Sei que o contato no lusco-fusco agudo do corredor, tempos atrás, em que eu e o colega nos tocamos para aprender a dar ao corpo o seu melhor, sei que desse encontro não me esqueci mais. Interessante, ele parecia bem convicto diante de seu futuro adulto: seria um engenheiro. Habitante daquelas horas afogueadas, depois de tocar na priminha na escuridão da casa de bonecas, comecei a ter receio de perder os corpos que comigo se embrenhavam pela aventura no breu. Soltei um peido. E me pus a correr envergonhado. Tinha impressão de que acordava depois de um longo sono. Eu crescera e era um homem apaixonado pelo corpo que eu ainda não tinha acolhido. Agora, a pele seria a de um colega de seminário que não me dava a mínima. Ou dava? Ele deixaria o seminário para estudar medicina. Ouçam o bater do nó de meus dedos na

electrifying projectile at those deserving of its vigor. But while all of this happened, my little friend and I continued in the dark hallway where the dentist drill ruffled. When our secret sessions in the dollhouse ended, I'd go to the backyard and try to satisfy my carnal yearnings. The golden sun, wanting to begin its decline in the final hour, encouraged me in an intransitive way, for at that moment I had no solar mission to retain or propagate. The color in the air fully inspired me, no object was needed. All I know is that the liaison in the chiaroscuro of the hallway years before, when my friend and I had touched each other to learn how to extract the best from our bodies— all I know is that I never forgot that encounter. Interestingly, he had seemed quite convinced of his adult future: he would be an engineer. Inhabiting those burning hours after touching my little cousin in the pitch-black of the dollhouse, I began to fear losing the bodies that embraced me in my adventures in the darkness. I farted. And I ran away ashamed. I had the impression that I had woken up after a long sleep. I had grown up and was a man in love with a body I had not yet sheltered in my arms. Now, the skin would be that of a fellow from the seminary who didn't give a damn about me. Or did he? He would leave the seminary to study medicine. Listen to the sound of my knuckles knocking on the door of his room. He opens it, it's night already. I ask him if I can come in to talk for a bit. He

porta de seu quarto. Ele abre, já é noite. Pergunto se posso entrar um pouco para lhe contar. Ele dá o espaço para eu passar. Sento numa cadeira com o encosto e assento de palha, igual àquela no quarto de Van Gogh. Ao sentar senti um enorme tesão pelo seminarista novinho como eu, bem moreno, que sabia usar as mais belas palavras da língua portuguesa. Quando ele falava, como agora, eu sentia a minha boca salivar, se inundar de saliva, a ponto de um pouquinho do cálido líquido espumoso transbordar pelos cantos dos meus lábios feito convulsão. Dessa vez o seminarista contava de sua infância em Tapes. Da vida no campo com as ovelhas, de seu romântico pastoreio em tantas invernadas. Era filho de fazendeiro. Confessava preferir fazer os deveres da escola junto às ovelhas. Tocava flauta doce em meio aos bichos, às vezes com uma capa de lã grossa para se proteger do Minuano. Ia contando e eu admirando seu peito apenas entrevisto entre as águas do casaco de pijama. Ia contando e eu sentindo meu pau se intumescer por baixo de tudo, tudo. Ele ia contando sempre, e eu me distanciando para o esconderijo da noite, entre mim e mim próprio, tendo as trevas como a matéria envolvente ao meu pobrinho gozo. Mas antes de sair para meu quarto, me atrevi e fiz um agrado em seu ombro—, pousei a mão em cima dele e, no instante de afastá-la, um leve apertão serenou tudo o que eu não conseguira empreender assim tão próximo. Fui para o quarto sentindo meu coração

gives me the space to pass. I sit on a chair with the backrest and seat made of pails, just like the one in Van Gogh's room. As I sat down, I felt an immense desire for the young seminarian, very young like me and very olive-skinned, who knew how to use the most beautiful words of the Portuguese language. When he spoke, like now, I felt my mouth salivate to the point that a little of the warm frothy liquid overflowed from the corners of my lips like I was in the midst of a convulsion. This time the seminarian told me of his childhood in Tapes. Of the country life with the sheep, of his romantic walks in the fields in winter. He was the son of a farmer. He confessed that he had preferred to do his homework among the sheep. He used to play the flute among the animals, sometimes with a thick woolen cloak to protect him from the Minuano wind. As he kept telling me all this, I was admiring his half-exposed chest through the flap of his pajamas. He kept talking to me and I could feel my cock swelling underneath everything, everything. He kept talking to me and I retreated into the night's hidden place between me and myself, darkness the only matter surrounding my repressed lust. But before going to my room, I dared to touch him on the shoulder. I laid my hand on him, and when I retreated it, a slight squeeze was all I could manage, unable as I was to fulfill my desires. I went to my room feeling my heart beat quietly: no matter what I decided to do with my

bater calado: independente do que fizesse da vida, a máquina dentro de mim não falharia antes do tempo. Foi pensando nisso, por aquele corredor gélido, que cheguei a meu quarto sem mais acreditar em Deus.

life, the machine inside me would not fail me until my time was up. I was thinking about that, on that icy hallway, and arrived in my room in the seminary not believing in God anymore.

Ana Cristina
Cesar

Luvas de
pelica

# Kid Gloves

Translated by
Elisa Wouk Almino

Eu só enjoo quando olho o mar, me disse a comissária do sea-jet.

Estou partindo com suspiro de alívio. A paixão, Reinaldo, é uma fera que hiberna precariamente.

Esquece a paixão, meu bem; nesses campos ingleses, nesse lago com patos, atrás das altas vidraças de onde leio os metafísicos, meu bem.

Não queira nada que perturbe este lago agora, bem.

Não pega mais o meu corpo; não pega mais o seu corpo.

Não pega.

Domingo à beira-mar com Mick. O desejo é uma pontada de tarde. Brincar cinco minutos a mãe que cuida para não acordar meu filho adormecido. And then it was over. Viajo num minibus pelo campo inglês. Muitas horas viajando, olhando, quieta.


Fico quieta.

Não escrevo mais. Estou desenhando numa vila que não me pertence.

Não penso na partida. Meus garranchos são hoje e se acabaram.

I only get nauseous when I look at the ocean, said the sea-jet stewardess.

I'm leaving with a sigh of relief. Reinaldo, the infatuation, is a beast who precariously hibernates.

Forget the infatuation, my dear; in this English countryside, in this pond with ducks, behind the tall windowpanes from where I read the metaphysicians, my dear.

Don't you want anything that would disturb this pond now, dear.

Don't grab my body anymore; don't grab your body anymore. Don't grab.

Sunday by the seaside with Mick. Desire is a pang in the afternoon. To play for five minutes the mom who takes care to not wake my sleeping son. And then it was over. I travel in a mini-bus through the English countryside. Many hours traveling, looking, quiet.

I remain quiet.

I don't write anymore. I'm drawing in a villa that doesn't belong to me.

"Como todo mundo, comecei a fotografar as pessoas à minha volta, nas cadeiras da varanda."

Perdi um trem. Não consigo contar a história completa. Você mandou perguntar detalhes (eu ainda acho que a pergunta era daquelas cansadas de fim de noite, era eu que estava longe) mas não falo, não porque minha boca esteja dura. Nem a ironia nem o fogo cruzado.

Tenho medo de perder este silêncio.

Vamos sair? Vamos andar no jardim? Por que você me trouxe aqui para dentro deste quarto?

Quando você morrer os caderninhos vão todos para a vitrine da exposição póstuma. Relíquias.

Ele me diz com o ar um pouco mimado que a arte é aquilo que ajuda a escapar da inércia.

Outra vez os olhos.

Os dele produzem uma indiferença quando ele me conta o que é a arte.

Estou te dizendo isso há oito dias. Aprendo a focar em pleno parque. Imagino a onipotência dos fotógrafos escrutinando por trás do visor, invisíveis como Deus. Eu não sei focar ali no jardim, sobre a linha do seu rosto, mesmo que seja por displicência estudada, a mulher difícil que não se abandona para trás, para trás, palavras escapando, sem nada que volte e retoque e complete.

I don't think of my departure. My scribbles are today's and they're done with.

"Like everyone, I've started photographing the people around me, on veranda chairs."

I missed a train. I can't tell the whole story. You asked for details (I still think the question was one of those tired ones at the end of the night, it was me who was far) but I won't say, not because I'm tight-lipped. Neither irony nor crossfire.

I'm scared of losing this silence.

Let's go out? Let's walk in the garden? Why did you bring me here inside this room?

When you die the little notebooks will all go in the display case of the posthumous exhibition. Relics.

He tells me with a sort of spoiled air that art is what helps one escape inertia.

Again the eyes.

His give off indifference when he tells me what art is.

I've been telling you this for eight days. I learn to focus in the middle of the park. I imagine the omnipotence of photographers scrutinizing from behind the viewfinder, invisible like God. I don't know how to focus on the garden over there, on the line of your face, even if it is because of studied nonchalance, the difficult woman whom you don't leave behind, behind, words escaping, with nothing that returns and retouches and completes.

Explico mais ainda: falar não me tira da pauta; vou passar a desenhar; *para sair da pauta.*

Estou muito compenetrada no meu pânico.
Lá de dentro tomando medidas preventivas.
Minha filha, lê isso aqui quando você tiver perdido as esperanças como hoje. Você é meu único tesouro. Você morde e grita e não me deixa em paz, mas você é meu único tesouro. Então escuta só; toma esse xarope, deita no meu colo, e descansa aqui; dorme que eu cuido de você e não me assusto; dorme, dorme. Eu sou grande, fico acordada até mais tarde.

Quero te passar o quarto imóvel com tudo dentro e nenhuma cidade fora com redes de parentela. Aqui tenho máquinas de me distrair, tv de cabeceira, fitas magnéticas, cartões-postais, cadernos de tamanhos variados, alicate de unhas, dois pirex e outras mais. Nada lá fora e minha cabeça fala sozinha, assim, com movimento pendular de aparecer e desaparecer. Guarde bem este quarto parado com máquinas, cabeça e pêndulo batendo. Guarde bem para mais tarde. Fica contando ponto.

Ataque de riso no Paris Pullman numa cena inesperada de Preparem Seus Lencinhos—a falação se entregando tudo pela mãe do menino que Solange seduziu. Ninguém mais ria, só eu.

I explain even further: talking doesn't make me veer outside the lines; I'm going to start drawing; *to veer outside the lines.*

I'm very focused on my panic.
Deep inside taking preventative measures.
My dear, read this when you've given up on hope like today. You are my only treasure. You bite and scream and don't leave me in peace, but you are my only treasure. So just listen: drink this syrup, lie in my lap, and rest here; sleep so that I will take care of you and I won't be alarmed; sleep, sleep. I'm a big girl, I stay up late.

I want to transfer you the room with everything inside it and no city outside with family networks. Here I have machines that distract me, a bedside tv, magnetic tapes, postcards, note-books of various sizes, nail clippers, two Pyrex and other things. Nothing out there and my mind talks to itself, like this, in a pendular motion, appearing and disappearing. Take good care of this motionless room with machines, mind and pendulum beating. Keep it for later. Keep counting the score.

A laugh attack at the Paris Pullman at an unexpected scene from Get Out Your Handkerchiefs—the mom of the boy Solange seduced giving everything away in her chatter. No one else

Dor no corpo. Inglesa chata junto, pai da Vogue, habita Costa Brava. Joe anômico, a vida corre, não tem memória ele diz. Alice nice, não gosta de não ser nice. Gosto de mim, não gosto, gosto, não gosto. Tesão pelo Luke no underground. Acalmei bem, me distraí, não penso tanto, penso a te.

**Epistolário do século dezenove.**
Civilizada pergunto se o seu destino trai um desejo por cima de todos os outros.
Guarda sim,
mas eu não vejo,
e é por isso que—está vendo aquele lago com patos? não, você não vê daí, da janela da cozinha parece mais outro país—eu faço um pato opaco, inglês, num parque sem reflexo da vitrina que apaga, devagar (circulo sozinha pela galeria), tela a tela, o contorno da cidade; o último quadro está inacabado, é esquisito porque quando entrei aqui pensei que essa história terminava num círculo perfeito.
Passemos.
A técnica que dá certo (politicamente correta): sentar na Place des Vosges quentando sol.
Eu sei passar—civilizadamente—mas—
Vim olhando quadro a quadro, cheguei aqui
e não tem ninguém aqui.

laughed, just me. Body ache. Together with an annoying Englishwoman, father at Vogue, lives in Costa Brava. Anomic Joe, life goes on, it has no memory he says. Nice Alice, doesn't like not being nice. I like myself, don't like, like, don't like. Desire for Luke in the underground. I calmed myself down, distracted myself, I don't think so much, penso a te.

**Epistolary of the nineteenth century.**
Civilly I ask if your destiny betrays a desire greater than all others.
It does,
but I don't see it,
and that is why—do you see that pond with ducks? no, you can't see it from there, from the kitchen window it looks more like another country—I draw a dull English duck in a park without the window display reflection that erases, slowly (I wander the gallery alone), canvas to canvas, the city outline; the last picture is unfinished, it's strange because when I came here I thought this story would end in a perfect circle.
Let's move on.
The technique that works (politically correct): sit at Place des Vosges warming up in the sun.
I know how to move by—civilly—but—
I came looking from picture to picture, I arrived here

Tenho certeza de que você não pintaria as paredes de preto.
"Querida,
Hoje foi um dia um pouco instável em Paris.
Recebeu meu primeiro cartão-postal?"
(Me dei ao luxo de ser meio tipo hermética, "assim você se expõe
a um certo deboche," amoroso sem dúvida, na mesa do jantar.)
Não dá para ver, eu sei,
mas meu desenho guarda sim
você
não fala
trai
um desejo pardessus tous les autres,
mesmo nesse penúltimo pato aqui, está vendo, que eu cobri
mais um pouco naquele dia em que não gritei de raiva,
mas não fui eu que pintei a galeria de preto, você sabe que eu
não sou sinistra.
O manequim de dentro, reflexo do manequim de fora. Se você
me olha bem, me vê também no meio do reflexo, de máquina
na mão.

Eu respondo que não consigo ver.
Saio para a rua e no limite encontro o boulevard iluminado,
árabes passando mais espertos, medo da superfície, "saiu o sol
aqui em Paris esta tarde depois de algumas chuvas esparsas e

and there's no one here.
I'm sure you wouldn't paint the walls black.
"Dear,
Today was a somewhat unstable day in Paris.
Did you receive my first postcard?"
(I gave myself the luxury of being sort of hermetic, "that way
you expose yourself to a kind of mockery," amorous, no doubt,
at the dinner table.)
You can't see, I know,
but my drawing does keep
you
doesn't speak
betrays
a desire pardessus tous les autres,
even in this second-to last duck here, can you see, which I covered
a little more that day in which I didn't scream from anger,
but it wasn't me who painted the gallery black, you know I'm
not sinister.
The mannequin inside, the mannequin reflection outside.
If you look hard at me, you also see me in the middle of the
reflection, camera in hand.

I answer that I can't see.
I go out to the street and at its limit I find the illuminated

nós passeamos muito, beijos, saudades", respondo que não consigo ver ainda.

Sentada na escrivaninha do quarto depois da toalete.
Tentei traduzir e não pude muito com aquilo.
Radio One toca Top of the Pops, Do that to me one more time, aqueles sucessos que a Shirley gosta para falar infinitamente no chileno indiferente que eu sempre confundo.
Desisto de escrever carta.
Desenho três patos presos numa loja.
(P.S. *para ontem ou reflexos sobre a caixa preta*: o espaço incompleto no final da galeria era na verdade claro, aberto por uma claraboia de vidro branco; na verdade havia uma passagem com três degraus para uma sala um pouco mais acima. O espaço incompleto não escondia nenhuma caixa preta—"non, je ne veux pas faire le détective.")
Prossigo meu desenho baixando ligeiramente a lâmpada porque a luz do dia escapa pela rua: uma fileira de patos opacos que escorrem pela página grosseiramente, esquecidos de tudo isso.

Imaginei um truque barato que quase dá certo. Tenho correspondentes em quatro capitais do mundo. Eles pensam em mim intensamente e nós trocamos postais e novidades. Quando não chega carta planejo arrancar o calendário da parede, na

boulevard, Arabs passing by more quickly, fear of the surface, "the sun came out here in Paris this afternoon after some scattered rain and we walked around a lot, kisses, miss you," I answer that I still can't see.

Seated at the bedroom desk after grooming.
I tried translating and couldn't really deal with it.
Radio One plays Top of the Pops, Do that to me one more time, those hits that Shirley likes so that she can talk incessantly about that indifferent Chilean whom I always get mixed up.
I give up writing letters.
I draw three ducks trapped in a shop.
(P.S. *for yesterday or reflections on the black box*: the unfinished space at the end of the gallery was in fact bright, opened by a skylight of white glass; actually, there was a passageway with three steps leading to a room a bit higher up. The unfinished space didn't hide any black box—"non, je ne veux pas faire le détective.")
I proceed with my drawing, lowering the lamp slightly because the daylight escapes through the street: a row of dull ducks seeping awkwardly through the page, oblivious of all this.

I imagined a cheap trick that almost works. I have pen pals in four world capitals. They think of me intensely and we

sessão de dor. Faço cobrinhas que são filhotes de raiva—raivinhas que sobem em grupo pela mesa e cobrem o calendário da parede sem parar de mexer. Esses planos e truques fui eu que inventei dentro do trem. "Trem atravessando o caos"? —qual o quê. Chega uma carta da capital do Brasil que diz: "Tudo! Tudo menos a verdade". "Os personagens usam disfarces, capas, rostos mascarados; todos mentem e querem ser iludidos. Querem desesperadamente." Era ao contrário um trem atravessando o countryside da civilização. Era um trem atrasado, parador, que se metia em túneis e nessas horas eu planejava mais longe ainda, planejava levantar uma cortina de fumaça e abandonar um a um os meus correspondentes.

Porque eu faço viagens movidas a ódio. Mais resumidamente em busca de bliss.

É assim que eu pego os trens quinze minutos antes da partida. Sweetheart, cleptomaniac sweetheart. You know what lies are for. Doce coração cleptomaníaco.

Pondo na mala de esguelha sobras do jantar, gatos e bebês adoentados. Bafo de gato. Gato velho parado há horas em frente da porta da frente. Qual o quê. Coração põe na mala. Coração põe na mala. Põe na mala.

Chegou outra carta no último quarto de hora. "Escreve devagar e conta a vidinha tipo dia a dia e os projetos de volta." Omito

exchange postcards and news. When no letter arrives, I make a plan to rip the calendar off the wall, in a display of pain. I make up little snakes that are the children of rage—little fits of rage that in a group climb the table and cover the wall calendar, moving nonstop. I'm the one who made up these plans and tricks on the train. "Train crossing chaos?"—no way. A letter arrives from the capital of Brazil that says: "Everything! Everything except for the truth." "The characters wear disguises, overcoats, masked faces; all of them lie and want to be deluded. They desire desperately." It was, on the contrary, a train crossing the countryside of civilization. It was a late train that kept stopping, getting itself into tunnels, and in those hours I planned even further ahead, planned to create a smokescreen and abandon my pen pals one by one.

Because I go on trips driven by hate. More briefly, in search of bliss.

That's how I get on trains fifteen minutes before departure.

Sweetheart, cleptomaniac sweetheart. You know what lies are for. Doce coração cleptomaníaco.

Tipping dinner leftovers, cats, and sick babies obliquely into my suitcase. Cat's breath. Old cat stopped for hours in front of the front door. No way. Dear, put the heart in the suitcase. Put the heart in the suitcase. Put it in the suitcase.

exclusivamente para meu hóspede, intruso das delicadezas, as citações do afeto. Dia a dia: entrei num telefone público em Paris; disquei o número do sinal possível de bliss; não estão respondendo, não tem ninguém em casa; vamos imediatamente para a casa de chá da ilha, eu disse para meu hóspede com uma precisão que só uma mulher. Meu hóspede não percebe minha dor. Flash de sangue em golfada pela boca. Baixo os olhos, evito a tela e como mestre deixo escapar a carta que não mando. Ele não sabe mas meu discurso de hoje à tarde na casa de chá em Paris era a carta para a primeira capital que eliminei. Mas aí aconteceu o inesperado, ele ficou puto de repente, fez um gesto dramático, chamou a garçonete, pediu água mineral, me fuzilou com o olhar. Eu não sou seu hóspede muito menos. Mas aí ele não teve forças de continuar. Paris tira a força (força de expressão): minha única vantagem no momento. A batalha não se trava da seguinte maneira: ele percebe um truque mas eu também já percebi vários. Então estamos quites. Estou a salvo. No entanto... É esquisito, você entende? No entanto foi ele quem me salvou da câmara de horrores da cabine telefônica, com chá, bolinhos, divagações literárias e água mineral depois. Um gesto dramático e sus... ele não desconfia. Meu hóspede está escrevendo um romance parisiense. Como eu chego de viagem com dentes trincados e disfarces de ódio, me prometi que nesse romance não figuro.

Another letter arrived in the last quarter of an hour. "Write slowly and tell of your day-to-day life and your plans to return." I omit exclusively for my guest, intruder of niceties, words of affection. Day to day: I entered a telephone booth in Paris; I dialed the possible number for bliss; no one is answering, no one is home; let's go immediately to the teahouse on the island, I told my guest with a precision only a woman has. My guest doesn't notice my pain. A flash of blood gushing through my mouth. I lower my eyes, avoid the canvas, and like a master I let the letter that I don't send get away. He doesn't know but my lecture this afternoon at the teahouse in Paris was the letter to the first capital that I eliminated. But then the unexpected happened: he got pissed all of a sudden, made a dramatic gesture, called the waitress, ordered mineral water, shot me a glare. I'm not your guest, far from it. But then he didn't have the strength to continue. Paris drains your strength (strength of expression): my only advantage at the moment. The battle isn't fought the following way: he noticed a trick, but I too had already noticed many. So, we're even. I'm saved. But still… It's weird, you see? But still it was he who saved me from the phone booth's chamber of horrors, with tea, cakes, literary digressions, and water afterward. A dramatic gesture and sus…he doesn't suspect a thing. My guest is writing a Parisian novel. Since I return from my travels with chipped teeth and disguises of hate, I've promised

Que numa sessão de dor arranco o calendário da parede. Que corto de vez essa espera de carteiro. A minha figuração *não*. Mas ele pobre de mim acho que não peguei direito. Talvez a figurante entre de gaiata, e aí já viu, babau meus planos disciplinares no quartinho que não é Paris, nem bliss.

Dear me! Miss Brill didn't know whether to admire that or not!
Fini le voltage atroce.
Fico olhando para o desenho e não vejo nada.
Certains regardant ces peintures, croient y voir des batailles.
Desisti provisoriamente de qualquer decisão mais brusca.
A única coisa que me interessa no momento é a lenta cumplicidade da correspondência. Leio para mim as cartas que vou mandar. "Perdoe a retórica. Bobagem para disfarçar carinho".

Estou jogando na caixa do correio mais uma carta para você que só me escreve alusões, elidindo fatos e fatos. É irritante ao extremo, eu quero saber qual foi o filme, onde foi, com quem foi. É quase indecente essa tarefa de elisão, ainda mais para mim, para mim! É um abandono quase grave, e barato. Você precisava de uma injeção de neorrealismo, na veia.

myself that I won't play a part in this novel. That in a display of pain I'll rip the calendar off the wall. That I'll eliminate once and for all this expectation for the mailman. *No*, I won't play a part. But poor me, I think I didn't get him right. Maybe this minor character makes a cameo for no good reason, and then, you already noticed, poof go my diligent plans in the little room that is not Paris, nor bliss.

Dear me! Miss Brill didn't know whether to admire that or not!
Fini le voltage atroce.
I keep looking at the drawing and I don't see anything.
Certains regardant ces peintures, croient y voir des batailles.
I temporarily gave up on making any hasty decisions.
The only thing that interests me at the moment is the slow complicity of correspondence. I read to myself the letters I will send: "Excuse the rhetoric. All nonsense to mask my affection."

I'm throwing another letter in the mail to you who only writes me allusions, eliding facts and facts. It's irritating to the extreme, I want to know which movie it was, where it was, with whom. It's almost indecent this task of elision, even more so to me, to me! It's almost a grave neglect, and cheap. You'd need an injection of neorealism, in your veins.

# Cidinha
# da Silva

# Farrina

# Farrina

Translated by
JP Gritton

Era, de longe, a mulher mais alta de quem já havia me aproximado. Estava sentada na recepção do museu de um jeito bem infantil, as pernas muito abertas e o tronco inclinado e projetado para frente, como um menino aficionado por videogame.

Só mudava a postura para manusear o celular. Ali denunciava a idade, a geração, era pré-histórica. Catava milho para digitar qualquer coisa. Apertava as teclas com o indicador. Mordia o lábio de felicidade quando concluía uma frase ou acertava uma letra maiúscula, e tocava a tela com aquele jeito de quem ainda se encanta com o milagre das imagens no *touch screen*.

Assim que me viu, sorriu, meneou o corpo como quem dissesse: se você está procurando lugar para se sentar, sente-se aqui. Assenti. A ver o que aquela mulher de longos *dreads* avermelhados teria a me dizer.

*Dreads* criam certa irmandade mundo a fora entre pessoas negras que partilham o sentido de raízes que crescem para o

SHE WAS BY FAR THE TALLEST WOMAN I'D EVER SEEN IN real life. I found her in the waiting area of the museum, sitting in an almost childish attitude, her big legs splayed wide, her torso tilted toward the screen, a classic video-game addict. It was the way she tapped at the phone; that's what gave away her real age, her generation. This lady was *prehistoric*. She typed like somebody trying to pluck the kernels from an ear of corn, punching at the keys with her pointer, biting her lip happily at the conclusion of each phrase. And all the while staring at the screen, gazing with the baffled amazement of one who's just discovered the miracle of the high-res image.

When she looked up from her phone and saw me standing there, she wiggled over to make room, smiling up at me, as if to say: You need a place to sit, go on and sit here! I did, thinking to myself, Let's see what this lady with her great big red-dyed dreadlocks has to say. Dreads, it's always seemed to me, create a certain kinship among Black folks when we find one another in the outside world: how they trail over our shoulders and down

alto e para fora, derramam-se pelos ombros e costas, total-
mente expostas ao sol.

Sentei a seu lado e a cumprimentei. Avaliei que tivesse por
volta de sessenta anos. Talvez mais e o tamanho agigantado lhe
emprestasse um ar de adolescente desajeitado. Talvez menos e
a vida lhe tivesse sido muito dura. Era o mais provável.

Farrina era seu nome. Falamos sobre o tempo, ameaçava
chover e ela fazia cálculos para a chuva cair dali a quatro
horas, quando planejava já estar dentro de casa. Morava ali no
Brooklyn mesmo. Perto do meu museu predileto, que estava
em festa. Era primeiro sábado do mês, dia de entrada gratuita
para celebrar a herança negra durante todo o dia.

Conversamos sobre a possível origem do grupo musical
que se apresentaria em breve. No teste de som o canto era
rascante, de audível influência árabe. Eu apostei no Norte da
África, ela, em Nova York, porque ali havia gente do mundo
todo. Acertei, o conjunto era marroquino.

Havia um tuaregue na banda, aquele foi o mote para con-
versarmos sobre viagens. Ela mesma vinha de uma viagem
longa. Chegara do Sul há uma semana, fugindo de mais um
furacão. Eu não havia visto notícia sobre furacão algum. Ela
riu o riso de quem diz: são tantos os furacões e vendavais
no Sul que o Norte dos EUA e o mundo só olham para nós
quando precisam de notícias.

our backs like roots exposed to the sun.

With a nod of thanks, I sat beside her. I guessed she was about seventy. Could've been she was older than that, but her height lent her the air of a clumsy adolescent. She might've been younger than seventy, of course; perhaps life had prematurely aged her. The latter seemed a little more likely.

Farrina was her name, anyway. Since it was threatening to rain, we talked about the weather. She thought it would most likely start by four, which sounded fine by me (I planned to have left by then). I lived right there, in Brooklyn. Right by this, my favorite, museum. It happened that they were having a sort of party. It was the first Saturday of the month, which meant free admission in celebration of Black Heritage.

During the mic check, we debated the possible origins of the musical group that would be performing later. The scratchy snatches of song sounded Arab to me. North African was my guess, but Farrina figured they must be New Yorkers. In New York, she said, the people come from all over. It turned out I was right, anyway, we heard later that the group was Moroccan.

There was a Tuareg in the band, which was how we got to talking about travel. Farrina was something of a nomad herself, a visitor from afar. She'd come up from the South a week earlier, fleeing the latest hurricane. When I told her that I hadn't heard anything about a hurricane, she laughed. It was the sort of laugh

Ela era precisamente de Savannah. Meu deus! Savannah! A terra daquele filme que eu não me lembrava o nome e por mímica e palavras soltas queria que ela adivinhasse. Dei várias pistas inúteis. Meu filme era cult, não pertencia ao mundo de Farrina. Mas ela se lembrou de Forrest Gump e me informou que havia sido filmado lá, em Savannah. Eu não sabia. O filme da minha memória apagada fizera muito sucesso em 1995, em Washington D.C. A essa altura ela ainda não morava em Nova York, me avisou.

Não pude me furtar a olhar para as marcas do tempo violento e da pobreza em seu corpo: as cáries, a falta de dentes, cortes e pequenas queimaduras ao longo dos braços, a pele ressecada, sem uso de hidratante naquele princípio de inverno.

Quando você se mudou para Nova York? Nos anos 1980, ela respondeu. Depois fora para Savannah, mas sua família se mantivera lá, no Brooklyn. Estranhei, talvez por desconhecimento dos fluxos migratórios estadunidenses. Quis perguntar o que a havia levado para o Sul, mas avaliei que não tínhamos intimidade para tanto. Resolvi esperar para ver se ela fazia alguma revelação forte, um grande amor, uma volta às raízes negras e agrárias do país, sei lá. Militante antirracista ela não me parecia ser.

Farrina se levantou para tirar fotos e achei que se eu ficasse

that said: Up here, you only hear about hurricanes when they head north.

Me, she said, I'm from Savannah.

My God, I repeated, *Savannah?* The place where they filmed, you know—what's it called?

With mimed scenes and random snatches of dialogue, I described the film to her. Useless clues, anyway; the film I was describing was a cult classic, it wouldn't have been part of Farrina's world.

*Forrest Gump?* she wondered after a while. *Forrest Gump* was filmed in Savannah.

Huh, I said. But the film whose name had been deleted from my hard drive wasn't *Forrest Gump*. I'd seen it in Washington, DC, this would've been back when I was living there, in '95.

Huh, she said, explaining that she wouldn't know, that back then she hadn't been living in New York.

I couldn't help noticing then what poverty and climate had done to her body. I noticed cavities in some of her teeth, and others simply gone, and I saw tiny cuts and burns along her arms. Her skin was all dried out, too, since she wouldn't have known to use moisturizer when winter came.

I asked her when she'd gotten to New York. She said she'd arrived back in the eighties, that later she'd gone to Savannah, that her family had stayed behind, in Brooklyn. All this seemed

de pé minha cabeça encostaria na cintura dela. É lógico que foi uma especulação exagerada, porque ela precisaria medir três metros. Na real deveria ter 1,92, no máximo 1,95, não chegava a dois metros. Mas, não deixava de ser gigante comparada a mim.

Voltou a sentar-se e mexeu no celular, divulgava fotos, aquele exercício comum de publicizar a intimidade que deixa as pessoas viciadas. Fiquei especulando de que povo africano ela descenderia. Nada concluí. Quando finalizou a organização das fotos, retomamos a conversa sobre o furacão.

Eles avisaram que a gente deveria deixar as casas dois dias antes do furacão chegar. A instrução era para fechar tudo e sair. Interessada, perguntei se o governo local dava alguma ajuda financeira para que os moradores se deslocassem. Muito séria, respondeu que não. Nenhuma ajuda. Recebiam, sim, uma notificação de que se não abandonassem as casas e algo lhes acontecesse, seriam multados posteriormente. Como ela tinha parentes em Nova York, dirigiu até lá e esperava melhora das condições climáticas para voltar e ver o que havia se dado com a casa. Nessa hora o olhar dela ficou bem triste, ainda que tivesse rido para reforçar a ironia do reencontro com a casa, possivelmente, um imóvel público cedido pelo governo.

Eu não sabia como continuar a conversa, mas Farrina queria ser ouvida e me falou sobre os filhos, dois rapazes. O

odd to me, but then what did I know about the migratory patterns of North Americans? I wanted to ask what she'd gone south for, but I decided we didn't yet share such a level of intimacy. I made up my mind to wait for some powerful revelation from her—a great love, perhaps? A return to the country, in search of her agrarian and/or African roots? I don't know, something like that. But then, the woman didn't strike me as the militant-antiracist type.

Farrina stood and began snapping pictures then. If I'd stayed sitting, I'd have gotten a view of nothing but her belt. Maybe I exaggerate—if that were the case, she'd have been nine feet tall, which she wasn't. In reality, she was probably just shy of six-and-a-half feet tall—six-three, maybe six-four? Whatever the case, next to me she was *gigantic*.

She sat down once again and, swiping at her phone, shared the photos she'd taken in that ritual of the screen-addicted: the publicization of intimacy. I sat there, trying to figure out what tribe she must be descended from, but I couldn't make a definitive guess. Finally, after uploading the last of her pictures, she continued her story:

They told everybody to evacuate two days before the hurricane made landfall, she said. Our instructions were to close down everything and leave.

Interested now, I asked her whether the local government

mais novo estudara numa universidade local, mas abandonara o curso, queria trabalhar, ter o próprio dinheiro, e montou um negócio de consertar computadores. O mais velho era professor. Não perguntei de que. Queria mesmo saber mais sobre ela, com o que trabalhava, por exemplo. Devia ser cozinheira ou manejar maçaricos elétricos, coisas que produzem calor, faíscas e queimam, acidentalmente. Seus braços e mãos eram muito marcados.

Farrina me perguntou se eu era de NY. Eu ri, porque aquilo só podia ser pergunta de quem estava se conhecendo mesmo. Sou brasileira e contei isso a ela, que se espantou, oh, Brasil, e fez alguma referência a Salvador e ao Rio de Janeiro, onde tinha acontecido a Olimpíada. Tentei explicar que eu era de Minas Gerais, desenhei um mapa rudimentar do Brasil e localizei a terrinha.

Depois, perguntou o que eu fazia na cidade e respondi que estava ali para assistir a leitura de uma peça de minha autoria num teatro. Ela me olhou entre espantada e feliz. Congratulou-se comigo e disse, é muito bom que a gente faça esse tipo de coisa também. Eu concordei: é, sim! E a convidei para assistir a leitura. Eu deixaria o nome dela na portaria, era só pegar o ingresso. Insisti para ela ir. Ela tentaria, mas não senti firmeza. Fiquei mesmo pensando se ela teria dinheiro para o metrô ou ônibus.

had provided any sort of financial assistance to those who'd been obliged to relocate.

No, she answered, very gravely. No help whatsoever. The most they'd gotten was a notice advising them that they could be fined if they failed to leave. Since she had family in New York, she'd decided to fly up. She'd wait until conditions improved, she said, and then she'd return to see what had happened to her house. Her expression grew sad, even as she laughed at the hypothetical irony of returning to a house only to find a FEMA trailer in its place.

I wasn't sure how to prod the conversation along, but it didn't matter, since by now Farrina wanted to be heard. She started telling me of her two sons. The youngest had studied at a nearby university, but he'd dropped out, he wanted to work, to have his own money, he was planning to open a computer repair shop. The oldest was a professor, I didn't ask of what. Farrina was the one I cared about, anyway. What did she do for work, for instance? I was sure she must work in a kitchen, or maybe with a soldering iron—somewhere where heat and sparks were produced, where a body could be accidentally burned. They were all but branded, her arms and hands.

After a while, she asked me if I was from New York. I laughed at the question, the answer to which must've been obvious to her. I'm Brazilian, I told her, and she gave a start—Oh, Brazil!—and

Vi umas pessoas comendo salteñas e o estômago deu sinais de existência. Perguntei se ela aceitava algo para comer.

A princípio respondeu que não e eu disse que a estava convidando. Então, ela aceitou e recomendou que fosse um hot dog ou qualquer coisa similar. Sugeriu que eu deixasse minha mochila ao lado dela enquanto comprava a comida. Ai, uma desconhecida. Contudo, já havia uma irmandade dreadlockiana instalada. Peguei a carteira e deixei a bolsa com o passaporte dentro. Segui o cheiro dos petiscos com o coração ressabiado.

Chegando à barraca de comida, não se tratava de *salteñas*, mas sim de um pastelzinho caribenho com recheio de carne bovina, única opção. Comprei apenas um para Farrina e voltei correndo para nosso local de conversa. Ela ainda estava lá, envolvida com o celular.

Entreguei o pastel a ela que agradeceu e perguntou pelo meu. Expliquei que eu não comia carne vermelha. Ela lamentou e disse que eu deveria pelo menos beber uma soda. Pensei que era uma indireta, porque comprei só um negócio para comer e nada para beber, cabeça de taurina, me levantei perguntando se queria a soda, podia buscar. Ela segurou meu braço dizendo que não. Seria para mim mesma, para não ficar com a boca seca. Acreditei, tirei uma maçã da bolsa e comi para lhe fazer companhia.

made a few vague remarks about Salvador and Rio de Janeiro, where the Olympics had just been held. I tried to explain I was from Minas, drawing a rudimentary map on the ground and indicating my home state.

When she asked what I was doing in the city, I explained that I was here to watch a production of a play I'd written. Gaping at me with a look of happy shock on her face, she offered her congratulations. It's good, she said, for us to do this sort of thing, too.

Yes, I agreed, it certainly was good. I told her, You should come. I'll leave your name at the front desk, you can pick up your ticket there. I insist.

I'll try, she said—unconvincingly, I thought, which made me wonder if perhaps she was worried about the subway fare.

Just then I saw some people eating *salteñas*, and my stomach began to make its existence known. I asked, Can I get you something to eat?

No, she said at first, but I insisted: My treat. So she accepted, told me that all she wanted was a hot dog, something like that. She suggested I leave my bag with her while I bought the food. With *her*, I thought, a perfect stranger. But then, we had that dreadlock bond, didn't we? So, I grabbed my wallet, leaving my purse with my passport inside. I followed the pastry smell, my heart galloping in my chest.

When I came to the food stands, I couldn't find any salteñas.

Farrina saboreava o pastel e eu já me corroía de remorso pensando que deveria ter comprado mais de um, até que ela comentou: sim, esse Patty é do Caribe. Eu sou de lá.

Mais uma surpresa. De onde você é no Caribe? De Trinidad. Oh, Trinidad e Tobago, ilha da região familiar de Audre Lorde! Ela não conhecia. Expliquei que era uma escritora muito importante, ativista lésbica. Confesso que falei a palavra lésbica bem rápido, pois estava em dúvida se Farrina era uma dona de casa, cis, bem conservadora, ou uma lésbica antiga que guarda tudo sobre si muito bem guardado e quem é do meio que leia os códigos e os interprete. Farrina era uma cebola, isso sim.

Então ela era caribenha, chegara a Nova York, mas, inadaptada à cidade, mudara-se para o Sul dos EUA. Essa a narrativa construída por mim para que suas escolhas fizessem sentido.

Antes de findar o show, Farrina me comunicou que iria embora. Sugeri que esperasse o término, faltava pouco. Ela foi incisiva, precisava partir antes da chuva.

Farrina se foi e quedei pensando, que personagem! Lembrei o nome do filme: *Daughters of the Dust*.

Enquanto ela andava com aquelas roupas gastas, aqueles tênis rotos, aquela pele tão maltratada, eu me perguntava se a tal casa dos parentes no Brooklyn existia de verdade. No Sul,

I *did* find some kind of Caribbean pastry filled with ground beef (there was no vegetarian option). I bought one for Farrina and ran back to the place where we'd sat talking. And there she was, just as I'd left her, utterly absorbed by her phone.

When I brought her the food, she thanked me and wondered where mine was. I don't eat red meat, I explained. Oh, no! she cried. She said I should at least drink a soda. I was sure this was just subterfuge—I'd brought her something to eat but (fool that I was!) nothing to wash it down with. So, I stood up again: If you want a soda, I told her, no problem, I'll go get one. She grabbed my arm. No, she said, for you, just to wet your lips. I decided to believe her and, taking an apple from my bag, took a bite so that she wouldn't have to eat alone.

While I wilted with remorse, Farrina relished every last crumb of the meat patty. I should've bought more than one, I thought to myself.

This is a Caribbean pastry, she announced suddenly. Caribbean, like me.

Yet another surprise. And where in the Caribbean was she from?

From Trinidad.

Trinidad! I exclaimed. Just like Audre Lorde!

She didn't know who Audre Lorde was, so I explained that Audre Lorde was a very important writer. A lesbian activist.

mais um furacão passava e deixava intacta a política de descaso e destruição do povo negro.

I said the word *lesbian* rather quickly, since I was still making up my mind about her. Was Farrina your typical *dona da casa*—cisfem, straight, traditional? Or was she one of those old-school *lesbica* who liked to play everything close to the chest? One of those gals for whom every gesture was a rune to be decoded?

She was a regular onion, that Farrina, you peeled back a layer and there was another just beneath it. A Trini who'd moved to New York and then, unsuited to the Northern climate, had gone south. At last, I'd formed a hypothesis that could account for every choice she'd made, everything she'd told me. Before the show was over, Farrina said she had to leave.

Wait, I told her, there can't be much more!

But she was firm, she said she had to leave before the rain began.

What a character, I thought to myself, when she left me sitting there. At last, the name of the film came to me: *Daughters of the Dust.*

As she walked off in her tattered clothes and ratty old tennis shoes, her weather-worn skin shining under the sun, I wondered if the house in Brooklyn, the one where her relatives supposedly lived, even existed. And hundreds of miles south, the hurricane was leaving intact the destruction of Black people, leaving intact the politics of indifference.

Carla
Diacov

o mão #7
o mão #8
o mão #23
o mão #87
o mão #88

# hand #7
# hand #8
# hand #23
# hand #87
# hand #88

Translated by
Annie McDermott

# o mão #7

quando você imagina a mão
a mão nunca está de lado ou
de luva ou pintada de prata
a mão imaginada estará empurrando alguém
para o precipício puxando um balde
de água suja
nua flutuante
a mão poderá estar morta
tapando um rosto
um furo no azulejo a mão
imaginada traz uma maçã que
ninguém come
acarinha a cabeça do cachorro que será enforcado
pela própria emoção canina
trazida pela mão
a mão traz
uma cebola
a mão traz lágrimas uma chave cabelos
um cadeado um terço de pedras ordinárias
a mão imaginada segura Júpiter entre

# hand #7

when you imagine the hand
the hand is never over there or
in a glove or painted silver
the imagined hand is probably pushing a person
toward a precipice pulling a bucket
of dirty water
naked floating
the hand could be dead
covering a face
a hole in a tile the hand
you imagine brings an apple that
nobody eats
strokes the dog's head before it chokes
on its own canine excitement
brought on by the hand
the hand brings
an onion
the hand brings tears a key hairs
a padlock a rosary of ordinary stones
the imagined hand holds Jupiter between

o indicador e o dedão
nua flutuante
a mão poderá estar hipnotizada
faz a pose obscena
e abre a carta que você não consegue ler

index finger and thumb
naked floating
the hand might be hypnotized
makes an obscene gesture
and opens the letter that you can't read

# o mão #8

estranhos diabinhos que seguram a nuvem
embaçam a cidade
quero dizer
no vagão do trem
uma menina desenha dentes-de-leão na mão do irmão
mais novo

# hand #8

strange tiny devils holding onto the cloud
mist up the city
i mean
in the train carriage a girl
is drawing dandelions all over
her little brother's hand

# o mão #23

uma agulha um carretel de
linha bege e a mão que não costura
a mão que está pousada no tecido
a mão e a outra mão que está pousada no sexo
a mão a mão e a terceira mão
que se decide pelo lado errado da agulha
o olho um botão a mão a mão e
a trama gasta
ambiente e gestos que não protestam a noite
ambiente e gestos que não protestam o grito
a mão
uma delas
com todos os motivos e nenhuma força emocional
ambiente e gestos e a quarta mão com uma tesoura sem pontas

# hand #23

a needle a bobbin of
beige thread and the hand that's not sewing
the hand that's resting on the fabric
the hand and the other hand that's resting on the sex
the hand the hand and the third hand
that decides on the wrong side of the needle
the eye a button a hand a hand and
the weave wears out
setting and gestures that don't protest the night
setting and gestures that don't protest the scream
a hand
one of them
with every cause and no emotional strength
setting and gestures and the fourth hand with a blunt pair of scissors

# o mão #87

a mão do vendedor de espelhos
na feira cheia de mãos
a mão no pepino ereto a mão que mergulha
dedos no mamão aberto a mão que espanta moscas
a mão que me entrega o troco a mão
que se entrega quando do troco
a mão confere enfim as batidas dos dedinhos na abóbora
um
coração
dois
coração
três
coração
a mão que se entrega
minha mão comovida
a mão que se entrega
a fruta machucada
inesperada

tão viva a mão do vendedor de espelhos

# hand #87

the hand of the man selling mirrors
in the market full of hands
the hand on the erect cucumber the hand that sinks
fingers in splayed papaya the hand that swats flies
the hand that gives me the change the hand
that gives itself over in taking the change
the hand that finally bestows its drumming fingers on the pumpkin
one
and a heart
two
and a heart
three
and a heart
the hand that gives itself
my hand          moved
the hand that gives itself
the fruit bruised
sudden

so alive          the hand of the man selling mirrors

# o mão #88

trago água fervente nas
conchas das mãos
a tarde começou dessa forma
uma menina me pede água fervente
para matar o formigueiro no segundo
degrau da escada que traz gente cachorros
gatos passarinhos cachorros
à cozinha
percebo a armadilha e solto a água
nos meus pés e seguro a cabeça da
menina e digo qualquer coisa
de espanto e deixo nas bochechas da menina
a pior parte das minhas mãos

# hand #88

i bring boiling water in
my cupped hands
this is how the afternoon began
a girl asking me for boiling water
to kill the swarm on the second
of the steps that bring people dogs
cats birds dogs
to the kitchen
i spot the trick and drop the water
on my feet and probably the girl's
head and say something or other
in shock and leave
on the girl's cheeks
the worst of my hands

# Wilson Bueno

# O irascível senhor Hannes

# The Irascible
# Mr. Hannes

Translated by
Christopher Larkosh

Estúpidas manhãs germanas. Acordo despenteado e horrível. Que alguém se veja despenteado, quando levanta, é coisa normal, mas olhar-me ao espelho nas severas abluções matinais, e perceber que tudo já escasseia, principalmente os cabelos que, de grisalhos, passaram a brancos e, de brancos, já me faltam, isto é coisa que, logo cedo, torna a manhã, o dia, e talvez a semana inteira, um atrapalho inominável. E ainda tem que moro só, viúvo e desamparado, jogado às pulgas feito um cão sem dono.

Ah, os porcos! Que fúria, que barulheira infernal desde as cinco da manhã, que fúria a destes meus porcos, incansáveis. Nada há que os sacie. Se alguém chega e dá a eles comida de hora em hora, não recusam. Nunca recusam. Aliás não recusam nada, nem sequer o látego do meu chicote quando sobre mim avançam, quase em pé, derrubando-me às vezes e, acho, querendo me devorar as vísceras. Isso é o que se pode chamar de fome, meu Deus!

Vou à cozinha. Ainda bem que é verão e não preciso fazer

STUPID GERMAN MORNINGS: I AWAKE UNKEMPT AND AM horrible to look at. That someone should see themselves like this when they rise is a normal thing, but to look at myself in the mirror, in the midst of my severe morning ablutions, and to understand that everything is becoming scarce, especially my hair, which went from gray to white, and from white to lacking; this is something that, so early on, turns the morning, the day, and perhaps the whole week into an unspeakable trap. And there is also the fact that I live alone, widowed and without support, thrown to the fleas like a dog without an owner.

Oh, the pigs! What fury, what infernal noises from five in the morning on, what fury is the fury of my untiring pigs. Nothing seems to satisfy them. If someone arrives and gives them food every hour, they don't refuse. They never refuse. That is to say that they never refuse anything, not even the lash of my whip when they advance on me, almost upright, robbing me at times and, it seems to me, wishing to devour my entrails. Now that is what I call hunger, for God's sake!

o fogo para aquecer a casa. As galinhas, quando me pressentem, acorrem na minha direção, furiosas também, famintas do milho com que toda manhã alimento a sua avidez inconsolável. Co-co-co-có—chamo e elas surgem de todos os lados, os galos também, algumas rodeadas de pintainhos e até as galinhas chocas parecem acordar transpassadas de fome.

Sempre fui um homem delicado. Enleva-me todas as noites a leitura de Hölderlin. Flaubert, dos estrangeiros, é um autor que também me encanta. Sou, entretanto, devo admitir, limitado nas minhas preferências porque, tirando os referidos autores, sofro de um insuperável asco a tudo o mais—novelistas de Berlim; jovens poetas, que, aos borbotões, parecem nascer como cogumelos, em Leipzig, Düsseldorf, Stuttgart, Munich, Nuremberg, Hamburg e, principalmente, em Neppel. Um nojo! Que perda de tempo a versalharada!

Volto ao quarto. Dobro, com a meticulosidade de um calígrafo, as cobertas, como se a exorcizar a noite maldormida, a insônia, os pesadelos contíguos à loucura de Hölderlin. Equilibram-se, os velhos, na tênue linha que separa o adormecer do precipitar-se, inadvertido, no abismo. O travesseiro me cai umas duas vezes ao chão. Levanto e bato com ele o lençol da cama. A árvore que dá sombra ao quarto e à casa, espalha o quase pó de umas minúsculas flores secas. Bato, com o travesseiro, bato sobre o colchão, para que se dissipem numa higiene sem

I go to the kitchen. I am lucky that it is summer and I don't have to make a fire to heat the house. The hens, when they sense my presence, run toward me, also full of fury, hungering for the corn that I feed them every morning to their inconsolable greed. Co-co-co-co-co, I call to them, so that they appear from every direction, the roosters as well, some surrounded by little chicks, and even the brood hens seem to awake completely overtaken by hunger.

I was always a sensitive man. I take joy in reading Hölderlin every night. As for foreign authors, it is Flaubert that I truly love. I confess at the same time that I am limited in my preferences because, apart from the authors I mentioned, I suffer from an insurmountable disgust for everything else—novelists from Berlin, young poets who, in spurts, seem to grow like mushrooms, in Leipzig, Düsseldorf, Stuttgart, Munich, Nuremberg, Hamburg, and above all, in the tiny town of Neppel. Disgusting! What a waste of time this pomposity is!

I go back to my room. I fold the bedding with the meticulousness of a calligrapher, as if to exorcise the nights I don't sleep well, the insomnia and continuing nightmares that approach those of Hölderlin's madness. Old people balance on that fine line that separates falling asleep from tumbling unexpectedly into the abyss. The pillow falls once or twice to the floor. I get up and beat the bed sheet with it. The tree that

propósito além do hábito, esta outra estupidez humana. Difícil a vida de um homem que, além de velho, restou sozinho nestes ermos campônios e um pouco bestiais. A idiotia é uma constância que grassa de todo lado; orquestração da folclórica ignorância que faz do meio rural uma coisa quase insuportável, sobretudo quando não se tem mais com quem dividir essas manhãs agônicas, senão terminais. É a velhice, diria o meu amigo Árthur, que nem velho é mais e a terra já lhe consome os ossos, baixo talvez a mesma voracidade com que os porcos devoram sabugos e lavagens. Nunca vi animal mais repugnante que estes bichos e aos quais, de um modo trágico, está irremediavelmente vinculada a minha vida. Vivo dos suínos, em transações de compra e venda, embora não me alimente deles, por excessivamente asquerosos. Além, claro, de minha proverbial inapetência.

Os elefantes. Os elefantes, por exemplo, seres pacientes e memoriosos. Os leões... Inexiste leão que não tenha impresso ao seu destino uma aventura errante. O tigre, o cavalo, os bois, as cabras, e até os galos e as galinhas me parecem movidos por uma substância essencial, para não chamá-la divina. Há, em qualquer dessas bestas, alguma coisa que revela secretamente o incriado e, por extensão, o criador. Mas os porcos, os porcos, estes, são a natureza em desalinho. Roncam e roncam, a fuçar os monturos—um ronco intermitente porém

shades the room and the whole house gives off an almost dust-like coating of tiny, dried flowers. I beat the mattress with the pillow to disperse them, a meaningless act performed out of mere habit—just another form of human stupidity. Difficult is the life of a man who, besides being old, stayed behind, alone in this somewhat bestial rural wasteland.

Idiocy is a constant that spreads on all sides, the orchestration of folkloric ignorance that turns the countryside into something almost unbearable, above all when you don't have anyone to share these agonizing, if not terminal, mornings. It is old age, my friend Arthur would say, and in the end, he wasn't even all that old when the earth began consuming his bones, perhaps with the same voracity with which the pigs devour cornhusks and swill. I have never seen a more repugnant animal than those beasts to which, in some tragic way, my own life is irreversibly linked. I live off of pigs, in transactions of buying and selling, although I don't feed on them, as I find them too disgusting, my proverbial lack of appetite notwithstanding.

Elephants. Elephants, for example, are patient and have excellent memory. Lions...there is not one of them that has not marked his destiny by wandering in search of adventure. Tigers, horses, oxen, goats, even roosters appear to me to have an essential or, as one might even call it, divine substance.

perserverante. O ronco dos suínos, o ronco. Desmedido o apetite, capazes de comer até explodirem. Não há saciedade para estes animais compulsivos que vieram ao mundo com única função—alimentar os humanos com suas indigestas adiposidades e repelentes focinhos. Os humanos, não eu!, aproveitamos deles de um tudo—dos pés ao rabicó; dos pernis ao sangue que lhes corre nas veias.

Não eu! Um exemplo? Hoje cedo me vi obrigado a fazer uma coisa que evito mas a que sou levado, com frequência, face à belicosidade dos suínos. Alvoroçados, famélicos, avançaram sobre a minha pessoa, querendo comer-me não sei o quê desta carne magra. Ameaçadores, perigosos, assassinos, me vi, o longo chicote, a vergastá-los com fúria maior, bem maior que a deles. Se um não impõe superioridade sobre eles, na certa que por eles terá deglutidas as entranhas. Chibatada sobre chibatada, conseguia alcançar com o relho até o porco mais distante de mim que logo apartava-se do bando, o lombo lanhado, em meio ao grunhir, aos esganiços sem amparo nem esperança. Só assim, penso, para suspender deles, nem que seja por momentos, o certamente espicaçante mergulho na fome. Árthur, embora nunca tenha passado por ela, comparou-a em texto magnífico à paradoxal sensação de alguém que devore a si mesmo. Será?

Noite passada, a andar a casa vazia, impossível conciliar

There is, in any of these beasts, something that secretly reveals the unmade and the maker.

But pigs are nature out of balance. They snort and snort as they rummage through the garbage—the snort of pigs is both intermittent and persistent. The snorting of pigs, the snort! With an oversized appetite, they are able to keep eating until they explode. There is no way to satisfy the hunger of these compulsive animals that came to the world with a single purpose—to feed humans with their indigestible fat and repellent snouts. Human beings—not me!—make use of every part of them, from head to toe, from their shoulders to the blood that flows in their veins.

But not me! One example? Early this morning I felt compelled to do something that I try to avoid but am nonetheless prone to do before the bellicosity of swine. Agitated and hungry, they advanced upon me, wanting to eat I don't know what of this meager flesh. Threatening, dangerous, murderous, I saw myself with my long whip, beating them back, with a fury far greater than theirs. If one doesn't establish superiority, with lash after lash, even one's entrails risk being swallowed up, to be sure.

I managed to reach even the pig farthest away from me, one that then separated from the drift, with the marks of the whip on its flesh and a grunting that became a hopeless,

o sono. Surgem-me, pelas paredes, à sombra das lamparinas, umas figuras esquizas que se alongam às vezes também pelo assoalho. Atrapalho-me com velhas lembranças. A gorda figura de minha amada Gertrude parece ali está, entre o candeeiro e a janela que dá para os fundos do quintal. Nossos filhos, indiferentes, espalhados de Zürau a Viena. Um silêncio aterrado só os grilos pontuam. É a noite, é a vasta geral noite dos medos sonhados vivos como um escorpião sonha o seu suicídio.

No poema antigo, a promessa de que o homem, um dia, fosse mais que um animal taciturno. Bobagens, tolos devaneios de uma mente aguçada como a do pobre e insano Hölderlin, a anunciar o futuro como uma coisa emocionada. Se emoção fôr miséria e abandono, velhice e solidão, estava certo o poeta da vetusta Tubingen. Mas sei, não era isso o que cantam e choram, mais choram que cantam, os seus versos transtornados. Apostam mesmo é que o ser humano tenha, cá neste vale de lágrimas, alguma serventia. Flores da lama, igual que os porcos, jamais escaparemos à crua fatalidade que é o nosso destino de vivos. Porcos?

Amanhã penso acordar mais paciente e menos aturdido. Afinal não são propriamente os porcos que me denunciam a mim mesmo e aos meus semelhantes. Ansiosos e precisados, vergastados ou não por minha intolerância, agora no mais

helpless wail. I think that was the only way to contain, if only for a moment, their tormented descent into hunger. Arthur, although he had never experienced it himself, compared it, in a magnificent text, to the paradoxical sensation of someone who devours himself. Could it be that he was right?

Last night, walking through the empty house, unable to get to sleep, there arose before me, in the shadows of lamplight, some strange shapes that stretched at times across the floor as well. I ensnare myself in old memories. The full figure of my beloved Gertrude is there, between the lamp and the window that looks out toward the edge of the garden. Our children, indifferent, scattered from Zürau to Vienna. A terrifying silence, punctuated only by chirping crickets. And the night, the vast, common night of fears dreamed alive, like a scorpion that dreams of suicide.

In the ancient poem, the promise that a man could one day become more than a silent animal. Nonsense, silly daydreams of a sharpened mind like that of the impoverished and insane poet Hölderlin, announcing the future as something filled with emotion. If by emotion he meant misery and abandonment, old age and solitude, then the poet from old Tübingen was right. But I know that wasn't what they sang and cried about in their deranged verses. What they are betting on is that human beings, here in this valley of tears, might be of some service. Flowers in

profundo da noite sei—são espelhos, são reflexos de nova temporada de meu inferno provisório.

É sempre assim com a velhice, me confirmam; mas é contra ela que aborreço os meus dias nem que seja a lanhar os porcos, mal desponte, no azul baço das manhãs de Bremen, o sol nascente.

the mud, just like pigs, we shall never escape the cruel fatality that is our destiny as living beings. Pigs?

Tomorrow I vow to wake up more patient and less confused. In the end, it is not the pigs that denounce me, and those like me. Anguished, and at the same time necessary, whipped by my intolerance, now in the deepest hour of night, I know—they are mirrors, the reflections of the newest season of my makeshift hell.

Old age is always like this, they assure me; but it is against this old age that I feel hatred for my days, if only by whipping the pigs. In the dark-blue sky of a Bremen morning, one might just be able to glimpse the rising sun.

# Cristina Judar

# À terra que sobrar

# Toward the Earth That Will Remain

Translated by
Lara Norgaard

Não mais poder ser o que se é.

Precisar andar o dia todo de um cômodo a outro em uma casa sem janelas, como se a buscar nova alma para preencher corpo que não presta. Alma que sempre caminha à frente, não importa se um corpo a deseja pouco ou em demasia, se ele corre, se rasteja, se tem serpentes tatuadas no braço esquerdo ou planetas e linhas geométricas no braço direito.

É um carrossel de hamsters engaiolados esse morrer mais vivo que existe. E de olhos abertos, a fim de assistir a terra entrar pelos orifícios, sejam eles tidos como sacros ou demoníacos.

Pois diz-se: entes do mal habitam nossos buracos mais quentes, os orquestram.

Pois determinou-se: certas partes do corpo são céu, outras cemitério. Tudo sob uma única pele imparcial e inteiriça, mas

To no longer be what you are.

To have to walk all day long from room to room in a house with no windows, as though searching for a new soul to fill a body that no longer fits. A soul that always walks onward; no matter if the body wants it only a little or in excess, or if the body runs, if it crawls, if it has snakes tattooed on the left arm or planets and geometric shapes on the right.

It's a carrousel for caged hamsters, this dying that is the most living thing of all. And with eyes wide open after watching earth enter through orifices, whether those be sacred or demonic.

After all, they say: evil beings inhabit our warmest crevices, control them.

After all, they determined: certain parts of the body are heaven, others a cemetery. Everything under a single neutral

devidamente esquadrinhada e sob o jugo de um crivo-fixo. A ironia das ironias: dizer que tudo isso está contido no livro dos livros. Uma falácia sobre o que, de tão mínimo e abjeto, não sustentaria página, assim como não caberia em órgão algum.

Entes do mal ou habitantes de buracos na terra-corpus: tatus e minhocas intitulados demônios, embora sejam nem uma coisa, nem outra. Muito menos entes do mal. Apenas garganta rouca, alugada com altas joias sociais, a proferir palavras de convencimento mediano em cultos televisivos pós-meia-noite.

É o que dizem, fatalmente acontecerá comigo.

É o que têm ouvido os meus amigos. Na praia, na fazenda, na Rua Augusta, enquanto tomam o café da manhã. Ou numa estação de metrô: um deles teve o braço virado pra trás por homem-brutamontes. Ganhou um vergão vermelho na voz, sua morte foi anunciada.

[E ele continua a fazer brotar matas e rios em todos os cantos; nos de dentro, nos do centro, nos do céu].

É o que repulsam minhas amigas de tambores rijos, seus úteros soam como trombetas, as bandanas no rosto são bandeiras,

and seamless skin, but one that has been duly scoured and held under the yoke of fixed criteria. The irony of ironies: to say that all of this is in the book of books. A fallacy so minimal and worthless it couldn't sustain a single page, just as it couldn't fit into a body.

Evil beings, or inhabitants of crevices in the earth-corpus: armadillos and earthworms labeled demons, even though they are neither one nor the other. Much less evil beings. Nothing more than a hoarse throat, rented with the most valuable of social gems to profess half-convincing words aired by a tele-vised cult after midnight.

So they say this will inevitably happen to me.

So my friends have heard. On the beach, on the farm, on Augusta Street, while having breakfast. Or in a metro station: one had his arm twisted behind his back by man-brutes. He gained a red-hot welt in his voice, his death foretold.

[And he continues to make forests and rivers sprout everywhere: for us on the inside, for us in the center, for us up above.]

It's what repulses my friends, women with their stiff drums,

mamilos na imponência, delimitados pelo tal livro como domínio de *succubus* e erros. Unicamente por estarem sediados neste nosso território-mulher: quando uma fonte de prazer e alimentação é resumida a latrina.

[E elas seguem, são donas da gestação de uma infinidade de potências distribuídas em sóis, granadas de alto poder destrutivo e frutas doces].

Esteja eu podre de viva ou rica de pólvora, reconheço. Há uma morte dentro de outra morte que, por sua vez, leva a outras mortes.

O negócio do momento é morrer sem parar. Como quem caminha do lavabo para a sala de estar, depois para a cozinha, os quartos, a área de serviço e o banheiro principal; então, recomeça o trajeto pelo lavabo, obedecendo à mesma sequência, infinitas vezes.

A trajetória viva da morte é o retrato da distribuição de cômodos nos apartamentos da família classe-média brasileira.

Não estou aparelhada para tanto. Já não sei se escolho a próxima canção a escutar ou em qual terra pisar.

their uteruses sounding like trumpets. The bandanas on their faces are flags; their nipples, magnificent, are defined by that holy book as the dominion of the *succubus* and wrongdoing. Solely for being grounded here, in our woman-territory, when a source of pleasure and nourishment is summed up as a cesspool.

[And they keep going, they are the rulers of gestation for infinite possibilities dispersed as suns, seeds of lofty, destructive power and sweet fruits.]

Be I rotten with life or rich with gunpowder, I'll admit it. There is a death inside another death that, in turn, leads to yet more deaths.

The business of the moment is to die nonstop. Like those who walk from the bathroom to the living room, then to the kitchen, the bedrooms, the utility room to the master bath; next, they start over with the same trajectory, back to the bathroom, submitting to the same sequence an infinite number of times.

The living trajectory of death is a portrait of how rooms are arranged in a Brazilian middle-class family apartment.

– *Mas, se me tirarem os pés e a cidade, o que importará possibilidade de raiz, de constituir um legado, aqui ou do lado de là?*

– *Grite. Dê origem a cometa, rio, cosmo ou mito*—respondo como cidadã que não se deixa encaixar em nenhuma classe.

Indecorosa & inoportuna,

Sem pés,
Sem pai,
Sem paz,
Sem país.

[Se ainda há corpo, ainda há voz].

I'm not prepared for all of this. I don't know if I will choose the next song to listen to, or on which earth to take my next step.

*But, if they take from me my feet and the city, what does it matter if I have the potential to build roots, create a legacy, here, or on the other side?*

*Scream. Give rise to a comet, a river, the cosmos, or a myth*, I reply, as a citizen who doesn't let herself be boxed into any class.

Indecorous and inopportune,

No feet,
No father,
No peace,
No country.

[If there is still a body, there is still voice.]

# Cristina Judar

# Jardim de begônias

# Garden of
# Begonias

Translated by
Lara Norgaard

20 DE NOVEMBRO: DAQUI DE CIMA, ATÉ AS COISAS MAIS terríveis parecem ser carregadas de doçura. A mesma que nos invade diante de um bebê tão semelhante a nós, com os mesmos pés, narizes e orelhas desprovidos de qualquer originalidade, mas que, apenas por serem proporcionalmente menores, nos fazem felizes, como se não tivéssemos a certeza de que tudo está absolutamente perdido.

Postado no alto de um edifício e rodeado pelos meus vasos de begônias, assisto a assaltos e rasteiras, a furtos e atropelamentos, a carros fedorentos e a carroças carregadas de papelão, homens expelirem escarro, mulheres coçando a pele marcada pelo elástico da calcinha. E, por mais estranho que pareça, meus olhos distantes, e ao mesmo tempo íntimos dessa vida rasteira, são inundados pela mesma compreensão que os deuses, do alto de suas nuvens e com ar despreocupado, nutrem pelos seus filhos.

Sempre tive a desconfiança de ser mais deus do que homem. Falar o quê de alguém com pés que não tocam o chão simplesmente por não o sentirem, pés incapazes de vibrar com

November 20: From up here, even the most terrible things seem full of sweetness. The same kind we are filled with when we stand before a baby that looks just like us. Its feet, nose, and ears devoid of originality, but just by looking proportionally smaller, it makes us happy, as though we'd never before reached the conclusion that this is all a lost cause.

Stationed on the roof of a building, surrounded by my vases of begonias, I watch muggings and people getting knocked to the ground, thefts and car accidents, foul-smelling traffic and truck beds filled with cardboard, men coughing up phlegm, women scratching at their skin chafed red from the elastic of their panties. And, as strange as it might sound, my gaze, at once distant and intimately close to this brutish life, is filled with understanding, just like that of the gods on high, looking down from the clouds with their disaffected air, nurtured by their sons.

I always felt I might be more god than man. What else would I say of someone whose feet never touch the ground because

as batidas dessa terra, do coração que pulsará até o instante de sua morte.

Por não ter raízes, sou todo asas. Construídas ano a ano por uma mente cheia de tempo, que reconhece as correntezas do vento e as percorre livremente. Por não ter raízes, recebi o dom de viver sonhos inéditos.

Estou aqui, perto dos céus. Eu os conheço bem e digo com propriedade: os céus azuis e plácidos não se dão com os cinzentos e furiosos, nem com os arroxeados e rosas pintados com doses de abstracionismo. Assim como as pessoas lá de baixo, que não costumam lidar bem com suas diferenças de cores. Os céus espelham os humanos e vice-versa.

Os homens até podem sentir o som do grande tambor pelas plantas dos pés, mas nem de longe sabem o que é ver o mundo como um acumulado de brinquedinhos. Eles não sabem nem metade do que sei, não há tempo para isso, é preciso correr para comer, para pagar contas e pecados, impostos pelos mesmos homens que habitam aquelas mesmas ruas. Por essa e por outras, acredito estarem um tanto quanto ultrapassados.

11 de dezembro: de manhã sou procurado por uma mulher de raízes bem apoiadas no chão, mas com um quê de divino, como eu. Ela usa roupa branca, há uma cruz vermelha bordada em

they can't feel it, feet unable to move to the rhythm of the earth, to the heart that beats up until the moment of death.

Without roots, I am only wings, constructed year after year by a mind filled with time, one that senses the currents of wind and roams them freely. Rootless, I have been given the gift of unparalleled dreams.

I'm here, close to the heavens. I know these skies well and I say so possessively: placid blue does not get along with stormy gray, or with the purples and pinks painted with dabs of abstraction. Just like the people down below, unaccustomed to confronting their differences in color. The heavens mirror humans, and vice versa.

Mankind can feel the sound of the great drum from the plants at their feet, but they are nowhere close to understanding what it means to see the world as a bunch of toys. They don't know half of what I know, they don't have time. They have to run just to eat, to pay their bills and atone for their sins, all imposed on them by other men who inhabit those same streets. For these and other reasons, I believe them to be quite outdated.

December 11: This morning, I am sought out by a woman with roots firmly planted in the ground but who carries about her something of the divine, like me. Her clothes are white, with a red cross embroidered on each shoulder. Her rigid profile

cada um dos ombros. Seu perfil tenso transmite a forte sensação de expiração contida, prestes a explodir.

Ela fala em um idioma que me parece incompreensível. Tudo isso por culpa desses meus ouvidos sonâmbulos, que só depois de instantes distinguem os significados dos sons e letras arremessados por sua boca de mármore e razão: cubos de leite em estado sólido flutuam no ar.

*Venho pra cuidar da sua saúde, tenho algo que facilitará e muito a sua vida.*

Ela abre uma valise de couro cheia de seringas e cartelas de comprimidos.

*A partir de agora, você estará livre dos limites que o impedem de prosseguir. Para isso, basta tomar essa pílula, uma por dia.*

Não há motivos para eu não fazer o que sugere a quase deusa. A cápsula gelatinosa cor de ouro desce oleosamente pela minha garganta, célula deslizante que invade meu interior tão oco e escuro como a casca de um salgueiro seco. A coloração tinge a minha alma e emite reflexos no céu ao meu redor.

15 de dezembro: dia após dia, por resultado direto de todo o ouro por mim consumido, perco o interesse pelas ruas e pelo que há nelas. Os baixos e rasteiros são destituídos de sua graça. Eles já não são o foco dos meus olhos antes cheios de compreensão. Que lá embaixo fiquem para sempre, trombando-se

radiates a feeling of holding one's breath, as though she might explode.

She speaks a language that to me seems incomprehensible. All because of my sleepwalking ears that only distinguish meaning a few moments after hearing sounds and letters. She tosses them out from her mouth of marble and reason; cubes of milk in solid form float in the air.

*I came to look after your health, I have something for you that will make your life so much easier.*

She opens a leather case filled with syringes and bottles of pills.

*From now on, you will be free of the impediments that have kept you from moving forward. All you have to do is take these pills, one each day.*

I see no reason to refuse what the goddess suggests. The golden, gelatinous capsule slides slickly down my throat, a slippery cell that invades my insides, which are hollow and dark like a dried-out willow tree. Its color paints my soul and refracts into the sky that surrounds me.

December 15: As a direct consequence of all the gold I consumed day after day, I lost all interest in the streets down below and those who inhabit them. The down-and-out have lost their allure. No longer are they the object of my gaze, once so full

como baratas pelos bueiros que insistem em percorrer, a criar labirintos intransponíveis, pois apenas os céus bastam a mim e à minha aura recém-adquirida.

Estou ainda mais próximo daquilo que pode ser considerado como um estado de divindade absoluta. Passo a ser completo. Eu e ela estamos no paraíso, é só disso que preciso.

18 de dezembro: continuo a ser visitado pela mulher sem nome e de maneiras polidas, cabelo louro preso em um coque alto. Seu jeito é desejoso da minha confiança, da minha boca aberta para o ouro que oferece sem qualquer interesse aparente. Fico mais forte. Ela está mais próxima. Arrisco dizer feliz.

21 de dezembro: dez dias depois de começar a ingerir as cápsulas, sou surpreendido. Pela minha vontade e intenção, consigo me levantar, o que é muito estranho, pois meus pés ainda não sentem o chão, nem o pulsar, apenas um apoio mudo. Estou de pé, mas sem raízes.

24 de dezembro: ainda é difícil me manter na posição ereta, mas aos poucos fico mais firme. Ganhei a confiança para poder olhá-la nos olhos e dizer que fique de uma vez por todas. Sem caber em mim, aguardo a chegada do dia seguinte.

of understanding. Let them stay down there as they are, forever stumbling like cockroaches in the sewers they insist on traversing, creating their incomprehensible mazes. Only the heavens are enough for me and my aura, which I've now just acquired.

I'm even closer now to that thing that might be considered a state of absolute divinity. I am becoming whole. To be in paradise with her, that is all I need.

December 18: I continue to receive visits from the woman with no name, her blonde hair pulled back into a high bun. Her demeanor is desirous of my trust, of my open mouth awaiting the gold she offers with indifference. I grow stronger. She is closer to me. Happy, I dare say.

December 21: Ten days after starting to ingest the pills, I surprise myself. Of my own volition and desire, I am able to stand up, which is very strange because my feet still can't feel the ground or its pulse, only a mute support beneath me. I am standing, but without any roots.

December 24: It's hard for me to maintain an upright position, but little by little, I grow stable. I have built up the confidence to look her in the eye and ask her to stay, now and

25 de dezembro: ela está comigo no topo do edifício, faz um belo final de tarde. Tenho a coragem necessária pra mostrar que sou como ela. Imagino qual seria a sua surpresa, se cristais de reconhecimento e gratidão escorreriam dos seus olhos. Não há mais o que esperar.

Pela rapidez do movimento com que me levanto, ou devido à ansiedade do momento, minha visão deixa de ser exata, embora meus sentimentos estejam extremamente aguçados. Eu posso dizer que SINTO, como nunca antes senti.

Estendo os braços para minha adorada, resumida agora a um borrão de pó, luzes, nuvens e céus desordenados.

Ela assiste a tudo sem se aproximar. Ao contrário do festim imaginado, a expectadora do meu grande feito permanece imóvel, sua boca contraída exala um brilho indefinido. Aperto os dentes na impotência, o esforço extremo já me custa dores fortes. Ao tentar permanecer em pé, sinto os céus girarem. A mulher é poderosa, pela minha ousadia, não permitiu que eu entrasse no reino dos deuses. Para minha tristeza, suas vontades não são as mesmas que as minhas. Tudo fica escuro, se apaga. Ouço o trecho da canção infantil, "o amor que tu me tinhas era pouco e se acabou". Ou melhor, não há qualquer sombra de amor. Destituído de minhas asas e sem raízes, perco o chão que nunca tive.

forever. Barely able to contain myself, I wait for her to come the next day.

December 25: She is here with me on the roof of this building, and it is a gorgeous late afternoon. I have the courage I need to show her that I am like her. I imagine her surprise, how crystals of recognition and gratitude might pour from her eyes. There's no reason to wait any longer.

Due to the speed with which I stand up, or maybe because of my nerves in that moment, my vision blurs, even as my feelings sharpen. I can say that I FEEL, like I have never felt before.

I reach out my arms for my beloved, now just a smudge of dust, light, clouds, and sky, jumbled together.

She watches all this without approaching me. In contrast to the joyous reception I imagined, the audience to my great feat remains still, her taut mouth exhaling undefined brilliance. I grit my teeth with impotence; such intense effort causes me extreme pain. Trying to stay on my feet, I feel the sky spinning. This woman is powerful, and because of my audacity she will not let me enter the gods' realm. Much to my dismay, her desires are not the same as mine. Everything goes dark, shuts off. I hear a verse from a nursery rhyme: "The love you had for me was small, and now has gone away." Better yet, not a shadow of love is left. Bereft of wings or roots, I lose the ground I never had.

*

Instantes antes de ter seu carrinho de papelão prensado por um ônibus em alta velocidade, o homem que o empurrava olhou para os céus. Não havia um deus benevolente que pudesse cuidar da sua alma.

*

Seconds before a fast-moving bus crushed his little paper car, the man lifted his eyes to the heavens. There was no benevolent god who could have looked after his soul.

Ricardo
Domeneck

"Eu sei que
você espera..."
Nosso
desnaturado
habitat
Timidez em linho

"I know you are hoping for a..."

Our denatured habitat

Shyness in linen

Translated by Chris Daniels

Eu sei que você espera
uma montanha neste poema,
dessarte, eis, aqui, a sua
montanha, e mesmo que eu
optasse por descrevê-la, sei
que você
imaginaria a montanha
que sempre vê
através as letras
de *montanha*, então
eu digo: a montanha
é a montanha em sua mente,
e ainda que eu dissesse
que esta é a meia-noite
do inverno a separar os dias
18 e 19 de fevreiro de 2013,
eu sei
que você se sentiria
excluído, apesar de vivo
nesta mesma meia-noite,

I know you are hoping for a
mountain in this poem,
and here it is, here is your
mountain, and even
if I thought to describe it,
I know how you'd imagine
the mountain you always see
in the letters
of *mountain*,
and so
I say:
the mountain
is the mountain in your mind,
and even if I said it's the winter
midnight separating the 18th and
19th days of February 2013,
I know
you'd feel left out,
despite being alive
this very midnight,

então eu digo: é o zênite,
querido, o zênite, e você
pode assim incluir nele
o seu sol e o seu verão.

and so I say: it's the zenith,
dearest, the zenith;
you can make it part
of your sun, and your summer.

# Nosso desnaturado habitat

Somos assim, bichos
na primavera dos polos
opostos da Terra,
nos climas inclementes
cortejamos o desastre,
convidamos extremos,
amadores em toda arte,
qual urso polar no Saara
ou no Pantanal, camelo.
Pobres, mendicantes,
excedemo-nos na pechincha
com cupidos, bichos-preguiça
a implorar misericórdia
entre os dentes da onça.
É esse constante desequilíbrio,
desencaixe entre o parafuso
e a arruela e a porca,
porque na sede tamanha
levamos à boca a concha
pelante de quente da sopa.

# Our denatured habitat

Thus are we, animals
in the springtime of the Earth's
opposing poles;
in inclement climates
we court disaster,
invite extremes,
amateurs in every art,
like polar bears in the Sahara
or camels in the wetlands.
Poor and beggarly,
we outbid the bargain
with cupids, sloths,
crying mercy
between the jaguar's teeth.
It is this constant imbalance,
unscrewed between bolt,
washer, and nut,
for at such great thirst
we raise the ladle and our lips
are flayed by the heat of the soup.

Somos uns glutões, glutões.
É esse o desconforto de velhos
que insistem na roupa
dos tempos de adolescência,
é uma convalescença longa.
Só torcemos pelo empate,
querido co-bobo da corte,
mas herdamos encalhe,
descarrilamento, disparate,
somos assim, uns pinguins
apaixonados por porcos.
Eu te olho, reolho, desolho
e peço apenas que pingues
tuas proteínas nos meus poros,
faças uma poça no meu umbigo
para que dela me alimente
como no gelo extremo focas
cavam buracos para a fuga
de sua gordura inocente,
e para oxigênio, as belugas.

What a bunch of gluttons, gluttons.
This is the discomfort of the elderly
who insist on clothing
from their teenage years—
such a long convalescence.
We root only for a stalemate,
dear court jester,
but inherit marooning,
derailment, gibberish,
for thus we are: just a bunch
of penguins in love with pigs.
I look at you, relook, unlook
and ask only that you ping
your proteins in my pores,
puddle my navel
that I may be nourished,
as in extreme ice the seals
dig holes as an escape
for their innocent fat,
and for oxygen, belugas.

# Timidez em linho

você tem vergonha dos vizinhos
e reclama da finura das cortinas,
nós, aqui nus em plena
tarde na cama à janela,
e explico de novo, meu querido,
que é branco o tecido
porque reflete toda a luz do sol,
tornando impenetrável aos olhos
dos vizinhos que bisbilhotam
mesmo a finura das cortinas,
puídas como nosso lençol,
então sussurro no seu ouvido:
não é bonito
que a própria luz nos esconda?

# Shyness in linen

you feel ashamed because of the neighbors
and complain about the thinness of our drapes,
and here we are, naked at mid-
afternoon in our window-side bed,
and I explain again, my sweet,
that the fabric is white
because it reflects all sunlight,
making even the thinness
of our drapes frayed as our sheets
impenetrable to the eyes
of our neighbors who scrutinize,
and then I whisper in your ear:
isn't it so lovely
how the light itself hides us?

This book is dedicated to Christopher Larkosh, who passed away in December of 2020. Chris was a beloved professor, talented translator, and enthusiastic advocate for translated literature, with a particular passion for queer Brazilian literature. His passing is a tremendous loss to anyone who encountered his gregarious spirit as well as to the translation field at large.

# Contributors

One of the most influential and original Brazilian writers of short fiction of the 1980s and '90s, **Caio Fernando Abreu** is the author of several story collections set and published during the military dictatorship and the AIDS epidemic in Brazil. He has been awarded major literary prizes, including the prestigious Jabuti Prize for Fiction a total of three times. He died of AIDS in Porto Alegre in 1996. He was forty-seven years old.

**Natalia Affonso** is a translator, teacher, researcher, and activist who sometimes commits poems. She's from Rio de Janeiro, where she created and hosted the literary salon Sapatão & Ficção. She holds an MA in English-language literature and is currently pursuing her PhD in comparative literature at UC Irvine, focusing on Caribbean and Brazilian queer/cuir/lesbian literature and is interested in how these two can make decolonizing love together.

**Elisa Wouk Almino** is translating previously unpublished letters by Ana Cristina Cesar and the poetry related to these letters. She is the translator of *This House* by Ana Martins Marques

(Scrambler Books) in addition to translating Paulo Leminski, Luciany Aparecida, Caio Fernando Abreu, among others. She is a senior editor at *Hyperallergic* and the editor of *Alice Trumbull Mason: Pioneer of American Abstraction* (Rizzoli). She teaches art criticism at Catapult and translation at UCLA Extension.

**Carol Bensimon** was born in the southern Brazilian city of Porto Alegre, in 1982. She is the author of the story collection *Pó de parede* and three novels, *Sinuca embaixo d'água*, *O clube dos jardineiros de Fumaça*, and *Todos nós adorávamos caubóis*, the latter published in English translation as *We All Loved Cowboys* (Transit Books). In 2012, Carol was selected by *Granta* as one of the Best Young Brazilian Novelists. She lives in Mendocino, California.

**Wilson Bueno** was a major Brazilian literary figure and one of several experimental authors to emerge from the southern city of Curitiba in the late twentieth century, alongside Paulo Leminski and Alice Ruiz. His novels explore a wide range of styles and topics; his *Mar paraquayo* (1992), written in a unique mix of Portuguese, Spanish, and Guarani, was heralded as an instant classic. He was murdered in his home in late May 2010 in what was an all-too-common example of anti-gay violence; his confessed killer was acquitted by a jury and subsequently set free.

**Ana Cristina Cesar** (1952–1983) was a poet, critic, and translator from Rio de Janeiro. She was also a prolific letter writer. Today her work has achieved cult status and she is considered one of Brazil's most original literary voices. Her poetry, which switches between prose and verse, is known for its epistolary, diaristic style. While she never considered herself a feminist, Ana C. is known for having carved a path for Brazilian feminist poetry.

**Chris Daniels** (b. 1956) is a prolific, feral translator of global Lusophone poetry.

**Bruna Dantas Lobato** is a Brazilian writer and literary translator from Portuguese. Her translations of Caio Fernando Abreu's *Moldy Strawberries* (winner of a 2019 PEN/Heim) and *No Dragons in Paradise* are forthcoming from Archipelago Books.

**Carla Diacov** is a Brazilian poet and artist born in the state of São Paulo in 1975. She has published various books of poetry, including *Amanhã alguém morre no samba* [Tomorrow someone dies in the samba] (2015). She also maintains a prolific online output of poetry, photography, videos, and visual art, including paintings using her own menstrual blood. Thanks to this, her playfully avant-garde, viscerally political work has developed a cult following both inside and outside Brazil.

**Ricardo Domeneck** is a poet and performer. Born in Brazil in 1977, he currently lives and works in Berlin, Germany. He has published nine collections of poetry and two collections of prose in Brazil, and translations of his work have been published in Germany, Spain, and the Netherlands. In addition to his own work, he has collaborated with Brazilian and German musicians such as Tetine, Lea Porcelain, Nelson Bell, and Francisco Bley.

**Angélica Freitas** was born in Pelotas, Rio Grande do Sul, Brazil. She is the author of three books of poetry—*Rilke shake* (2007), *Um útero é do tamanho de um punho* (2012), and *Canções de atormentar* (2020)—as well as a graphic novel, *Guadalupe* (2011), illustrated by Odyr. She received a 2010 Petrobras Cultural writer's award and a 2020 DAAD Artists-in-Berlin residency. Her writing represents a contemporary voice in literature by women and LGBT+ authors from Brazil.

**Igor Furtado** (b. 1996) is a visual artist and editor based in Rio de Janeiro. Through different mediums, his work reflects the potential of transformation and expression of the body, articulating new notions of fantasy and reality. In his photographs he seeks to explore the tension between what's understood as natural versus artificial.

**Edgar Garbelotto** is a writer and translator born in Brazil and based in the US for the past twenty years. He has translated João Gilberto Noll's novels *Lord* (2019) and *Harmada* (2020), both published by Two Lines Press. His work has appeared in the *Kenyon Review Online, Asymptote,* and elsewhere. He holds an MFA in creative writing from the University of Illinois. *Terra Incognita,* written in both Portuguese and English, is his debut novel.

**JP Gritton**'s novel *Wyoming,* a Kirkus Best Debut of 2019, is out with Tin House Books. His translations have appeared or are forthcoming in *InTranslation, Aymptote,* and elsewhere. He is an assistant professor of creative writing in the Department of English at Duke University.

**Cristina Judar** is a writer from São Paulo. Her award-winning books *Roteiros para uma vida curta* and *Oito do Sete* challenge literary categories, traversing boundaries between poetry and prose. She has also written *Questions for a Live Writing* at the Queen Mary University of London and co-organized the anthologies *A resistência dos vaga-lumes* and *Pandemônio.* Her second novel, *Elas marchavam sobre o sol,* was recently published in Brazil.

**Marcio Junqueira** (b. 1981) is a poet and visual artist, as well as a professor of literature at the Universidade do Estado da

Bahia (UNEB). He is pursuing his doctorate in visual arts at the Universidade Federal da Bahia (UFBA), focusing on questions of black masculinity and the homoerotic. His books include *sábado* (Riacho, 2019), *LUCAS* (Sociedade da Prensa, 2015), and *Voilá mon coeur* (Edições MAC, 2010). Along with Marcelo Lima and Patricia Martins, he coedited an anthology entitled *Antologia Rabiscos*, and along with Clarissa Freitas, Lucas Matos, and Thiago Gallego, he collaborates on the multimedia project *Bliss não tem bis.*

**Hilary Kaplan** translated Angélica Freitas's *Rilke Shake*, which won the National Translation Award and Best Translated Book Award and was a finalist for the PEN Award for Poetry in Translation in 2016. Her additional translations include Marília Garcia's *The Territory Is Not the Map*, Paloma Vidal's *Ghosts*, and poems by Ricardo Domeneck and Claudia Roquette-Pinto. She has received an NEA Translation fellowship, a PEN Translation Fund award, and a Rumos Literatura fellowship from Itaú Cultural.

**Christopher Larkosh** (1964–2020) was a professor of Portuguese at UMass Dartmouth, where he researched and taught in the areas of Portuguese-to-English translation, contemporary Brazilian literature, and literary and cultural theory,

including queer theory, which he taught as a guest professor at the National University of Mar del Plata in Argentina. Aside from translating Wilson Bueno, João Gilberto Noll, and other queer Brazilian authors, he was instrumental in advancing research in queer translation studies internationally.

**Johnny Lorenz** (b. 1972), son of Brazilian immigrants, is a poet, translator, critic, and professor of English at Montclair State. His book of poetry, *Education by Windows*, was published by Poets & Traitors Press (2018). His translations of Clarice Lispector's *A Breath of Life* (2012), finalist for the Best Translated Book Award, and *The Besieged City* (2019), listed as one of the best books of 2019 by *Vanity Fair*, were published by New Directions. He recently received a PEN/Heim grant in support of his translation of *Notebook of Return* by Edimilson de Almeida Pereira.

**Annie McDermott** is a translator working from Spanish and Portuguese. Her published and forthcoming translations include *Empty Words* and *The Luminous Novel* by Mario Levrero, *Dead Girls* and *Brickmakers* by Selva Almada, *Feebleminded* by Ariana Harwicz (co-translation with Carolina Orloff), and *Loop* by Brenda Lozano. She also reviews books for the *Times Literary Supplement*. She has previously lived in Mexico City and São Paulo, Brazil, and now lives by the sea in Hastings, UK.

**Adrian Minckley** is a media and literary translator; she lives and works along the Rio Grande.

**Ed Moreno** is a writer and translator from Santa Fe, New Mexico. He is a Lambda Literary Fellow and the recipient of a Bread Loaf Translators' Conference scholarship. His work has appeared in *Words Without Borders*, the *Nashville Review, Foglifter, Blithe House Quarterly*, and Cleis Press's "Best Gay" series. He is currently writing his first novel.

**Tatiana Nascimento** is a thirty-nine-year-old wordsmith from Brasília, a city built amidst the Cerrado, a tropical savanna known for its *tortas* trees. Her musical and poetic works wander across geographical extremes and disassemble words through morphological ruptures, semantic silences, and syntactic repetition, deepening the layers of expressivity and ambiguity. A *sapatona convicta*, an afro-futurist lesbian, she publishes artisanal books by other LBT and/or Black writers through padê editorial.

**Raimundo Neto** is a young author already widely lauded for his rhythmic and at times claustrophobic prose. His work interrogates the struggles and joys of femininity across genders, and how it is constrained or cultivated by family, partners, and

passersby. His debut short story collection, *Todo esse amor que inventamos para nós*, takes inspiration in part from his own experiences growing up femme in Brazil's largely rural and working-class Northeast region.

**João Gilberto Noll** (1946–2017) is the author of nearly twenty books. His work appeared in Brazil's leading periodicals, and he was a guest of the Rockefeller Foundation, King's College London, and the University of California at Berkeley, as well as a Guggenheim Fellow. A five-time recipient of the Prêmio Jabuti, and the recipient of more than ten awards in all, he died in Porto Alegre, Brazil, at the age of seventy.

**Lara Norgaard** is an essayist and literary translator. She has published nonfiction and literary criticism in *Public Books*, the *Jakarta Post*, *Peixe-elétrico*, and the *Transpacific Literary Project*, and translations from the Spanish, Portuguese, and Indonesian in *Asymptote*. She is currently pursuing a PhD in comparative literature at Harvard University, where she focuses on post-dictatorship Latin American and Southeast Asian literatures.

**Zoë Perry**'s translations of contemporary Portuguese-language fiction and nonfiction have appeared in *The New Yorker*, *Granta*, *Words Without Borders*, and the *Washington Square Review*. In 2015

she was translator-in-residence at the FLIP international literary festival in Paraty, Brazil, and she was awarded a PEN/Heim grant for her translation of Veronica Stigger's novel *Opisanie swiata*. Zoë is a founding member of the London-based translators collective The Starling Bureau.

**Julia Sanches** is a translator of Portuguese, Spanish, and Catalan. She has translated works by Susana Moreira Marques, Dolores Reyes, Daniel Galera, and Eva Baltasar, among others. Her shorter translations have appeared in various magazines and periodicals, including *Words Without Borders*, *Granta*, *Tin House*, and *Guernica*. A founding member of Cedilla & Co., Julia sits on the Council of the Authors Guild.

**Cidinha da Silva** is a playwright, scholar, and novelist. Author of *#Parem de nos matar!*, among others, da Silva has written works for children, young adults, and adult audiences. With *Açoes afirmativas em educação: experiências brasileiras* and *Africanidades e relações raciais: insumos para politicas publicas na área do livro, leitura, literatura, e bibliotecas no Brasil*, da Silva became one of the first Brazilian authors to explore affirmative action as a means of overcoming racial inequalities. Her work has been translated into Spanish, French, English, Catalan, and Italian.

# Credits

Abreu, Caio Fernando. "Primeira carta para além do muro," "Segunda carta para além dos muros," and "Última carta para além dos muros" from *Pequenas Epifanias*. Rio de Janeiro: Agir Editora Ltda, 2006. "Terça-feira gorda" from *Morangos mofados*. Rio de Janeiro: Nova Fronteira, 1982/2019.

Bueno, Wilson. "O irascível senhor Hannes" from *A copista de Kafka*. São Paulo: Planeta Ed., 2007.

Cesar, Ana Cristina. "Luvas de pelica" from *Ana Cristina Cesar: Poética*. São Paulo: Companhia das Letras, 2013.

Diacov, Carla. "o mão #7," "o mão #8," and "o mão #23" first published in the online magazine *A Bacana*, March 12, 2018, http://www.abacana.com/oficial/cinco-poemas-de-carla-diacov. "o mão #87" and "o mão #88" first published in Carla Diacov's blog, *bater bater no yuri*, in March 2018, http://diacovcarla.blogspot.com.

Domeneck, Ricardo. "Eu sei que você espera…" from *Medir com as próprias mãos a febre*. Rio de Janeiro: 7Letras, 2015.

Freitas, Angélica. "Uma mulher limpa" from *Um útero é do tamanho de um punho*. São Paulo: CosacNaify, 2012.

Judar, Cristina. "À terra que sobrar" from *Revista Pessoa*. São Paulo - Lisboa: Edições Mombak, 2018. "Jardim de begônias" from *Roteiros para uma vida curta*. São Paulo: Editora Reformatório, 2015.

Junqueira, Marcio. *sábado*. Porto Alegre: Riacho, 2019.

Nacimento, Tatiana. "cuíer paradiso," "o amor é uma tecnologia de guerra (cientistas sub notificam arma-biológica) indestrutível::," "talhos," and "manifesta queerlombola, ou tecnologia | ancestral | de cura | amor | y de | prazer:" from *07 notas sobre o apocalipse ou poemas para o fim do mundo*. Rio de Janeiro: garupa, kza1, 2019.

Neto, Raimundo. "A tia de Lalinha" and "A noiva" from *Todo esse amor que inventamos para nós*. Belo Horizonte: Moinhos, 2019.

Noll, João Gilberto. *Acenos e afagos*. Rio de Janeiro: Editora Record, 2008.

Silva, Cidinha da. "Farrina" from *Um exu em Nova York*. Rio de Janeiro: Pallas, 2018.

CALICO

The Calico Series, published biannually by
Two Lines Press, captures vanguard works
of translated literature in stylish, collectible
editions. Each Calico is a vibrant snapshot
that explores one aspect of our present
moment, offering the voices of previously
inaccessible, highly innovative writers from
around the world today.